INVENTAIRE
Ye33.690

I0613658

LES

VOIX PERDUES

PAR

JULES TALÉRY

FOIX

TYPOGRAPHIE ET LITHOGRAPHIE POMIÈS

—

1873

LES VOIX PERDUES

33690

Ye

515638

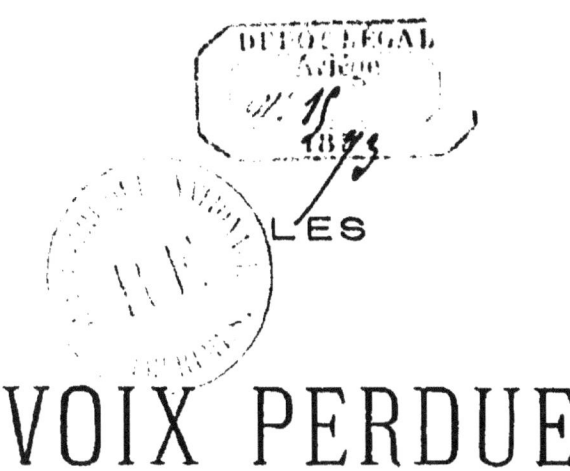

DÉPOT LÉGAL
Ariège
N. 15
1873

LES

VOIX PERDUES

PAR

JULES TALÉRY

FOIX

TYPOGRAPHIE ET LITHOGRAPHIE POMIÈS

—

1873

A QUELQU'UN

MON CHER....

Je sais comme toi que la poésie est morte et qu'il
est de bon goût même de la railler; mais je sais
aussi que la guerre a creusé en nous un abîme de
tristesse; je sais qu'il est des âmes qui ne vivent
heureuses que des choses passées; je sais que la solitude dans la nature sera bientôt recherchée, comme
naguère encore la fête la plus brillante; je sais enfin
que la poésie sera toujours entendue par ceux qui,
sans le dire, souffrent beaucoup d'avoir aimé.

Pardonne-moi de te dédier ce livre et de te con-
traindre ainsi à le parcourir.

J'ai tenté, mais en vain, de le publier sous l'Empire. Une strophe exceptée, je n'y change rien aujourd'hui.

Puisse-t-il porter l'empreinte des tortures morales que ce long règne de servitude m'a fait subir ?

———

. . . .

. . . .

. . . . et j'ai dit à la poésie de
me consoler, jusqu'au réveil, de toutes les misères
que je vois!

LES PRÉLUDES

Ἀϲῦτ, Φιϰ
Chante, déesse
HOMÈRE.

I

Nature, c'est à toi que je livre mon âme !
A tes aubes d'azur, à tes couchants de flamme,
A tes échos du Ciel dont on rêve la voix,
A tes clairs horizons, tandis que les soirées,
Faisant quelque toit rose et des vitres dorées,
Percent d'un bleu si vif les lisières des bois.

> Je la livre à tes nuits sereines
> Lorsque les brises, dans nos plaines,
> Fraîchissent l'été leurs haleines,
> Après des soleils radieux;
> Ivre des amours de l'aurore,
> Nature, je la livre encore
> A la voix plaintive ou sonore
> De tes oiseaux mélodieux.

Je la livre aux frissons de tes moissons fleuries,
A tes ruisseaux cachés dans l'herbe des prairies,
Sous leurs verts peupliers, pleins d'ombre et de soleil;
A ces étoiles d'or qui, près de ma fenêtre,
Éclairent son azur d'un sourire, et, peut-être,
Viennent aussi des cieux pour garder mon sommeil.

Je la livre aux métamorphoses
D'où naissent de si douces choses,
Lorsque le printemps et les roses
Se perlent d'eau, puis font leur miel ;
Assis dans la vallée ombreuse,
Où le chemin tourne et se creuse,
Nature, je la livre heureuse
A tes lointains si près du Ciel.

Je la livre aux clartés de nos cascades blanches ;
A tes reflets de lune endormis sous les branches,
A tes frais arcs-en-ciel, d'où naissent les beaux soirs,
A tes chênes géants et taillés en hercules,
Laissant, aux nuits d'été, mourir nos crépuscules
Dans le doux clair-obscur de leurs grands rameaux noirs.

II

Plus je m'avance dans la vie,
Le front penché vers la douleur,
Et plus, à t'aimer, je convie
Tous ceux qui souffrent par le cœur.

Je convie encore à tes fêtes

Le chercheur, ce déshérité
Qui, près de saisir ses conquêtes,
Trouve en chemin la pauvreté;

Ceux qui rougissent, pour l'histoire,
De ces monstres qu'elle dit grands,
Lorsqu'ils ont vautré la victoire,
Dans le bouge infect des tyrans ;

Ceux qui, chassés de leur Patrie,
Meurent de son dernier adieu ;
Ceux qui, dans leur âme attendrie,
Gardent l'amour pour trouver Dieu ;

Ceux qui, fuyant la multitude,
Fixent, pleins de sérénité,
Les bas-fonds de la servitude
Des hauteurs de la liberté.

III

C'est toi qui, souriante, et quand mon pauvre père,
Pour le songe égaré d'un avenir prospère,
Me clouait, tout enfant, sur un livre ennuyeux,
C'est toi qui m'éveillais au chant des hirondelles,
Pour que, dans ses rayons où scintillaient leurs ailes,
Un éclat de soleil vînt éblouir mes yeux.

Dès que j'avais fui ma demeure,
Triste de l'ombre des prisons,
C'est toi qui faisais glisser l'heure,

Comme l'oiseau dont l'aile effleure,
Au vent léger, les verts gazons;
Dans son pli rêvé de montagne,
Toi qui fleurissais ma campagne;
Toi, qui, l'été, du ciel d'Espagne,
M'ouvrais au loin les horizons.

Dans mes jeunes amours, à l'âge des ivresses,
C'est toi qui, sur ton sein, me berçant de caresses,
Mêlais nos doux baisers aux doux parfums des fleurs;
Toi qui fais aujourd'hui, sous leurs reflets obliques,
Pour mon cœur désolé, les soirs mélancoliques
Comme si tu souffrais, triste, de mes douleurs.

C'est toi, c'est toi qui, de tes ondes,
Me jetais toutes les clartés;
Sous tes nuits calmes et profondes,
Toi qui me révélais des mondes
Dont mon cœur chantait les beautés;
Entre nos champs pleins de feuillages,
C'est toi qui dorais nos villages;
Toi qui dressais dans tes nuages,
Pour moi, des palais enchantés.

Toi qui m'as fait pleurer quand la brume d'automne
Unit, sous un ciel gris, sa teinte monotone,
Quand le soleil s'éteint, pâle, d'un jour de vent,
Et que, parmi les bois, où l'âme se recueille,
Tandis que sur nos pas tombe une pauvre feuille,
On songe aux morts qu'on aime et l'on marche en
[rêvant!

IV

Aussi, dans ce monde vulgaire
Où, fort des crimes de la guerre,
Un bandit souvent se fait roi,
Où, pour un peu d'or, on blasphème,
Où l'on vit sans cœur, nul ne t'aime,
Belle nature, plus que moi.

Je suis de ces âmes blessées
Qui, pour reposer leurs pensées,
Évitent les foules toujours;
Caché, je préfère à leurs fêtes
Les chants perdus de nos fauvettes,
Dans nos sentiers pleins de détours.

V

Je t'aime, ô nature,
Pour le frais murmure
De ton eau si pure,
L'été, sous les bois;
Pour tes fleurs nouvelles,
Pour leurs étincelles,
Pour toutes tes ailes,
Pour toutes tes voix.

Je t'aime, dans l'ombre
De la forêt sombre,
Aux branches sans nombre

Laissant du soleil;
Je t'aime, calmée
D'une brise aimée,
La nuit embaumée,
Pendant ton sommeil.

Je t'aime sereine,
Lorsqu'en souveraine,
Dans l'air, tu ramène
Tes astres de feu;
Je t'aime à l'aurore,
Quand le mont se dore;
Pour ton ciel encore,
Pour ton beau ciel bleu.

J'aime tes vallées,
Le soir, ondulées
De moissons mêlées
Aux fleurs des beaux jours;
J'aime ces tendresses
Dont tu me caresses,
J'aime tes tristesses,
J'aime tes amours.

VI

Je ne vieillirai pas; mon avenir est sombre;
D'ailleurs, après la fête, à quoi bon le flambeau!
Mais du moins, tu mettras, ô nature, un peu d'ombre,
     Pour ton enfant, sur son tombeau!

Des bleus myosotis, des paquerettes blanches,
Dans mon humble gazon, tu mêleras les fleurs;
Tu laisseras, pour moi, le crépuscule aux branches
　　Oublier ses tendres couleurs!

Tes nuits feront pour moi, claires jusqu'à l'aurore,
Chanter le rossignol, sous leur ciel parfumé;
Lui, le doux confident de l'âme jeune encore;
　　Lui, que, rêveur, j'ai tant aimé!

Tu le feras chanter, pour que la blonde étoile
Qui, lorsque j'ai pleuré, tant de fois ma souri,
Éclaire d'un regard, en soulevant son voile,
　　L'azur de mon arbre fleuri!

Tu le feras chanter, pour qu'un ami, peut-être,
Me nomme en l'écoutant, et se souvienne encor
Des baisers que sa voix dans mon cœur fesait naître
　　Aux nuits d'amour des lunes d'or!

SOUS LES JASMINS

Tu fanciullina del Chiusone,
abbi-il mio canto.
    Toi, gracieuse jeune fille du Chiouson,
reçois mon chant.

Silvio Pellico.

I

Songez-y bien, la jeunesse
Fuit, hélas ! comme un beau jour ;
Pourquoi donc tarder sans cesse
D'ouvrir ton âme à l'amour ?

Puisque la sève est aux branches,
Puisqu'en toi c'est le printemps,
Pourquoi, de tes roses blanches,
Cacher l'éclat si longtemps ?

Pourquoi dédaigner encore
De nous tendre tes réseaux ?
Souviens-toi que c'est l'aurore ;
Laisse chanter les oiseaux.

II

Va , tout aime sur la terre ;
L'amour à tout est mêlé.
L'amour est le doux mystère
Par qui Dieu s'est révélé.

C'est par lui que tout respire ;
Les étoiles et les fleurs
S'éclairent de son sourire ,
Se parent de ses couleurs.

Tandis que tu les arroses
Au mois qui peut tout flétrir ,
Vois-tu jamais que des roses
Meurent pour ne pas fleurir ?

III

Quand son aube est lumineuse ,
Le jour n'a rien d'obscurci ;
Or , ma belle dédaigneuse ,
L'amour est une aube aussi ?

La vieillesse monotone ,
Sans lui , souffre bien longtemps ;
Pour être heureuse en automne ,
Il faut aimer au printemps.

Des rayons de la jeunesse

Il faut dorer l'avenir ;
Le cœur en nous bat sans cesse,
L'âme vit de souvenir.

Puis , tous les baisers qu'on donne ,
Le ciel les rend ; et d'ailleurs
Vous ne portez de couronne
Que pour effeuiller ses fleurs !

CHANTS DES PIRATES

A sail! A sail!
Une voile! Une voile!

BYRON.

I

Je suis pirate ; à mon côté,
    J'ai mon poignard qui brille ;
En mer, par la vague emporté,
Sans nom, sans pays, sans famille,
Seul, pour ami, je n'ai qu'un chien ;
    Je l'aime comme un frère ;
Mon cœur est sombre et ne veut rien,
    Après lui, sur la terre.

De loin, je méprise un combat ;
    Mais, lorsque à l'abordage,
Dans une étreinte on se débat,
La mort exalte le courage ;

De près, on voit mieux, au revers
  Des armures brisées,
Le sang qui fume et les éclairs
  Des haches éguisées !

On lutte, on tue, on est vainqueur ;
  On sort de la mêlée
Avec des braises dans le cœur,
L'œil fier, la tête échevelée,
Quand un vaisseau tourne et brûlant
  Sous sa flamme qui fume,
Semble un soleil du soir sanglant
  Entre l'onde et la brume.

Les flammes s'enflent ; par moments
  Le vent qui les abaisse,
Tourmenté par leurs sifflements,
Les tord, les mêle, les redresse ;
Alors, les reflets, du vaisseau
  Qui flambe près du nôtre,
Courent et vont rougissant l'eau
  D'un horizon à l'autre.

II

Dans nos îles, tout est charmant ;
  Le plaisir y commande ;
Chypre nous fournit largement
Le vin le meilleur qu'on demande ;
Puis, on est libre sur les flots,
  Et les femmes, en Grèce,

Aiment toujours leurs matelots
  Sans gêne et sans paresse.

III

Aux crépuscules du printemps ,
  Nos étoiles sont belles ;
Leurs feux qui tremblent éclatants
Écaillent les flots d'étincelles ;
La brise saisit leur réveil ,
  Et leurs clartés scintillent
Comme des filets au soleil ,
  Où des gouttes d'eau brillent.

Mais regardez au loin, sur l'eau ,
  Ce soleil large et rouge ;
Comme il grandit ; voyez ! plus beau ,
Si l'onde s'agite et le bouge ;
Sous lui , l'horizon de la mer ,
  Ardent, semble la braise
Plus vive autour d'un bloc de fer
  Qui bout dans la fournaise.

Le soir , encor , nous le voyons ,
  Calme lorsqu'il s'incline ,
Dorer de ses plus doux rayons
Les flots de la mer qu'il domine.
Quand il s'éteint , le ciel est pur ,
  Et de nos voiles blanches ,
Les fins cordages raient l'azur,
  Mêlés comme des branches.

Puis vient la lune ; elle poursuit
　　Notre sillon sur l'onde ;
Par ses lointains j'aime la nuit,
Alors plus vague et plus profonde ;
Ses rayons, brisés en éclairs,
　　Luisent aux bouts des lames,
Et l'eau qui jaillit des flots clairs
　　Tombe en perles des rames.

IV

Chez nous, jamais voix de tyran
　　Ne fit trembler d'esclave ;
Le premier dont on suit l'élan,
C'est notre chef, c'est le plus brave ;
On l'aime, on court, la hache en main,
　　Où sa fougue l'emporte ;
Ce soir à la gloire, et demain,
　　Au néant : mais qu'importe !

Nous savons qu'il ne doit rester,
　　De notre vie au monde,
Que l'espace où l'on doit jeter,
Sanglant, notre corps mort dans l'onde ;
Un tourbillon, au creux luisant,
　　Qu'un peu d'écume annonce,
Où l'eau tourne, en le saisissant,
　　L'enveloppe et l'enfonce !

LE BAISER

Farewell, farewell! one Kiss.
Adieu, adieu! un baiser.

SHAKESPEARE.

I

Les fleurs des lins étaient passées,
Les cerises voulaient mûrir,
Et de leurs brises caressées
Les roses venaient de fleurir.

Le soir, nous avions eu, la veille,
Une brume d'arc-en-ciel,
Mais si limpide, que l'abeille
La but au jour changée en miel.

Dans l'ombre aussi les feuilles vertes
Avaient le luisant du satin ;
Et les montagnes découvertes,
A midi, l'éclat du matin.

Les nuances étaient si belles
De tout côté, dans le ciel pur,
Que des plis légers de dentelles
Voilaient à peine un peu d'azur.

II

Par les sillons perdus qu'on laisse entre les seigles,
Alors, je m'en allai; seul à seul, au hasard;
Dans ma course, envieux de l'œil perçant des aigles,
Pour embrasser tout d'un regard.

III

Ensuite, je quittai la plaine,
Heureux de monter vers les bois,
Me tournant pour reprendre haleine
Et pour regarder bien des fois.

Car mon vallon, plein de prairies,
Se creuse, vu de ses hauteurs,
Comme des corbeilles fleuries
D'où sortent de vagues senteurs.

Car sa rivière, dont l'eau brille,
Ressemble, sous ses peupliers,
Aux glaces d'un bal où scintille
Un lustre, aux feux multipliés.

Puis, mes pieds retrouvaient des ailes ,

Et vers l'azur j'allais, joyeux ,
Comme, l'été, ces hirondelles
Que le soir perd au fond des cieux.

Clair de soleil dans le feuillage ,
Du seuil presque de l'horizon ,
J'entrevis , après, mon village
Et l'humble toit de ma maison.

IV

Sous un grand chêne
D'où rit la plaine ,
Là, je m'assis :
L'âme rêveuse,
La vie heureuse,
L'œil indécis.

Là, ma pensée,
Presque effacée,
Garda longtemps
Les reflets roses
Des douces choses
De mon printemps.

Là, vague et tendre,
Je crus entendre
La voix d'amour
Qui, dans l'espace,
En été, passe
Quand finit le jour.

Et la lumière,
Sous ma paupière,
Flottait encor,
Comme la teinte
A peine éteinte
D'un beau soir d'or.

Enfin, dans l'ombre,
Tout devint sombre;
Les bois amis
Firent silence,
Et, d'indolence,
Je m'endormis.

V

Dans mon rêve, une jeune fille
Apparut alors à mes yeux;
Elle n'avait pas de famille,
Elle semblait quitter les cieux.

J'entendis à peine un murmure,
Tant elle vint à pas muets;
Sur un côté de sa ceinture,
Elle avait mis quelques bluets.

Le lys des champs est moins modeste!
Enfant divin, l'éclat de l'or
Eût terni sa beauté céleste
Et sa grâce plus belle encor!

De perles, au jour embrasées,
Son sein pourtant ornait ses plis ;
Car l'aube aussi met ses rosées
En perles dans le sein des lys.

Les nonchalences de ses poses
Faisaient tendre ses yeux ardents,
Et, quand s'ouvraient ses lèvres roses,
Sur ses blanches petites dents,

Sa bouche gardait ce sourire
Plein de vague et qui vient du cœur,
Tandis qu'on souffre, sans le dire,
De la tristesse, du bonheur.

Elle se pencha sur mon âme ;
Puis, d'un accent délicieux,
Elle me dit : « Je suis la femme
« Que tes rêves cherchaient aux Cieux.

« Je t'ai vu pleurer, comme on pleure,
« Pâle d'amour au mois des fleurs,
« Et, pour te voir, j'ai guetté l'heure,
« Et je viens pour sécher tes pleurs.

« Je suis l'enfant de la nature ;
« J'ai pris ces bluets dans les champs,
« Afin qu'au nœud de ma ceinture,
« Ils te disent tous mes penchants.

« Oui, ta souffrance m'a ravie,
« Par toi, j'ai rêvé le bonheur ;

« Je veux t'aimer toute ma vie ,
« Je veux te donner tout mon cœur.

« Pour toi , je serai douce et tendre ;
« Je veux , de mes lèvres de miel ,
« Aux belles nuits , te faire entendre
« L'hymne divin qu'on chante au Ciel ! »

Et , soudain , comme l'oiseau touche
La branche en fleurs pour se poser ,
Sa bouche heureuse , sur ma bouche ,
Met son âme dans un baiser.

VI

Quand je tombai des cieux sur cette terre étrange ,
  Longtemps je doutai du réveil ,
  Et je crus voir sourire un ange
  Dans les rayons d'or du soleil !

VII

  Le soir , déjà plein d'harmonie ,
  Vers le couchant clair d'un ciel pur ,
  Fondait de sa lumière unie
  Le safran , le rose et l'azur.

  De beaux reflets restaient encore ,
  Par le village, au bord des toits ;
  La lune attendait son aurore ,
  Le soleil entrait sous les bois ;

Le printemps dorait ma montagne,
Des ailes scintillaient dans l'air,
Et l'eau, qui rayait la campagne,
Brillait parfois d'un vif éclair.

Mais, sans rien voir, comme en démence,
Mes yeux erraient; l'isolement
Fit dans mon âme un vide immense,
Et je rentrai péniblement.

Lorsque, du soir, la feuille tremble
Au moindre souffle passager,
Dans les bois, depuis il me semble
Ouïr toujours un pas léger.

Sous le grand chêne solitaire
Depuis, j'aime à songer encor;
Depuis, je pleure sur la terre
Le baiser de mon rêve d'or!

LE DÉSIR

I

Là, ce mont s'est brisé; parmi ses blocs de pierres,
Des serpents, au soleil, font luire leurs paupières;
Les pâtres, sur ses flancs, n'osent jamais s'asseoir;
Dans son ombre pourtant sourit une fleur rose,
L'oiseau chante pour elle, une eau fraîche l'arrose
Et les brises du Ciel la caressent le soir.

Dans ce ravin profond, où sa voix forte augmente,
Là, le torrent bondit en cascade écumante;
Ses bords sont désolés, ses buissons tout en pleurs;
Mais parfois, sur son gouffre ébloui de lumière,
L'arc-en-ciel du printemps fait perler sa poussière,
Et d'un reflet d'écume éclaire ses couleurs.

Épouvantant la nuit des terreurs de l'orage,

A l'horizon, là-bas, se dresse un noir nuage;
Le tonnerre y bondit, par l'éclair tourmenté;
Dans ses plis cependant, un beau ciel se dévoile;
Pour lui, le crépuscule a gardé son étoile,
Et l'azur qui l'entoure est clair de tout côté.

II

Comme ces rocs brisés où glisse la vipère,
A cet âge où le cœur rit, aime, chante, espère,
Le mien, plein de débris, est triste et soucieux;
Mais l'amour n'y vient pas, comme la fleur aimée,
Avec son eau limpide et sa brise embaumée,
Consoler ma tristesse et me parler des Cieux !

De cascade en cascade, agitant son écume,
Ma vie est le torrent qui se brise et qui fume.
Dans un gouffre sans fond, ses flots tombent toujours,
Mais jamais l'arc-en-ciel si doux de l'espérance,
D'un reflet caressant n'éclaire ma souffrance,
Et nul rayon ne luit dans l'ombre de mes jours !

Comme ce noir nuage où l'éclair se répète,
Mon âme sent gronder en elle une tempête;
La nuit cerne partout son avenir obscur,
Mais jamais, du bonheur, pas même dans un rêve,
L'étoile, en souriant, dans son sein ne se lève,
Et ses lointains perdus lui cachent son azur !

III

Par de sombres vapeurs maintenant effacée,
Quand luira donc l'étoile au Ciel de ma pensée?
Où chercher l'arc-en-ciel, où trouver le bonheur,
Avec ses rayons d'or, avec sa poésie?
Quand verrai-je l'amour, comme la fleur choisie,
S'abriter dans mon ombre et sourire à mon cœur!

CHANSON DE PRINTEMPS

I

Enfant, c'est le mois des roses,
Des bluets, des seigles verts,
Le doux mois des douces choses,
Le mois des sentiers couverts.

C'est le mois où les soirées
Font l'air chaud, les pics vermeils;
Au ciel, les ailes dorées;
C'est le mois des beaux soleils.

C'est le mois des harmonies
Dans les profondeurs des Cieux;
Le mois des ombres bénies,
Des baisers délicieux.

3

II

Tu le vois, Dieu veut qu'on aime;
L'astre luit, le soir est doux,
Ne sens-tu pas que lui-même
Se rapproche un peu de nous ?

Écoute sur notre tête
Cet oiseau vers l'éther bleu ;
Dans sa chanson, qui nous fête,
Dis-le moi, n'est-ce pas Dieu ?

N'est-ce pas Dieu qui nous donne
Vos yeux pour nous enflammer,
Votre front, votre couronne,
Les printemps qui font aimer ?

N'est-ce pas Dieu qui nous laisse,
L'été, quand le Ciel est pur,
Un sourire, une caresse,
Des rêves dans son azur ?

Sous leurs nuits tièdes et blanches,
Dis-moi, n'est-ce pas encor
Dieu qui, pour nous, dans les branches,
Suspend ses étoiles d'or ?

III

Si l'amour était un crime,

Le soleil se voilerait ;
L'oiseau que son souffle anime,
L'oiseau du Ciel se tairait.

Aux mois d'amour, au.contraire,
Tout sourit; aux mois d'amour,
L'ombre, la nuit, nous éclaire
Comme un vif reflet du jour.

Aux mois d'amour, tout s'éveille ;
L'aube anime ses couleurs,
L'herbe frissonne, et l'abeille
Met tous les boutons en fleurs.

Le bonheur frappe aux chaumières,
L'hirondelle est de retour,
L'azur s'emplit de lumières,
Tout rayonne aux mois d'amour !

IV

Tiens, depuis que tu t'arrêtes,
Que ta main touche ma main,
Tiens, vois-tu, des pâquerettes
Ont fleuri sur le chemin.

L'air fraîchit, l'acacia livre,
Sous son feuillage léger,
Aux blonds zéphirs qu'il enivre,
Ses doux parfums d'oranger.

A mesure que tu causes,
Tiens, regarde, le lointain
Fait des monts les cimes roses,
Comme au soleil du matin.

Maintenant le soir expire;
Mais l'azur va s'embraser
Si tu me donne un sourire,
Puis ton cœur dans un baiser !

L'AUTRE

I

Le voilà! Si c'était un assassin vulgaire,
Si, dans l'ombre, la nuit, au détour d'un chemin,
Pour les siens en détresse, on l'eût saisi, naguère,
Épiant sa victime, un poignard à la main,

La loi se fût vengée; une foule grondeuse
Aurait lu son forfait sur quelque vil poteau,
Et puis l'on eût monté cette chose hideuse [teau.]
Qui coupe un homme en deux, sous le poids d'un cou-

Mais lui, c'es un despote, il est sûr de son crime,
Il a foi dans sa force et dans son droit divin;
Il a de lourds canons pour broyer sa victime,
Et pour la violer, des sbires pris de vin.

Il a de ses kalmouks les hordes toujours prêtes,
Ces Cosaques huileux, qui, comme des corbeaux, ·
Aiment la chair qui pue et se montrent en fêtes
Quand ils ont à fouiller des morts dans leurs tombeaux.

Il a son sceptre auquel chacun vient se soumettre,
Son knout rouge du sang dont il est inondé;
Il a des généraux qui l'appellent mon maître,
Et tuent jusqu'aux enfants, quand il l'a commandé.

II

Or, un jour, comme un tigre affamé qui dévore
De vifs lambeaux de chair dans ses sanglants repas,
Il saisit la Pologne, elle qui râle encore,
Il l'a mordit aux seins, et l'on ne bougea pas.

Oui, l'on ne bougea pas; le crime fut à l'aise;
Seul avec son forfait, le bandit couronné
Put changer à loisir Varsovie en fournaise,
Et mitrailler huit jours son peuple abandonné.

Les rois avaient pourtant de puissantes milices;
La victime criait, morne de sa stupeur;
Mais on ne bougea pas; les uns étaient complices,
D'autres étaient trop loin, les autres eurent peur.

Puis, quand il fut repu, quand sa rage assouvie
Crut bien mort pour toujours ce peuple tant aimé,
Il écrivit ces mots: « L'ordre est dans Varsovie, »
L'ironie eut son heure, et tout fut consommé!

Oui, la France reçut ce soufflet sur la joue
Sans rien dire ; et Paris n'eut pas d'homme de cœur
Assez inoccupé pour traîner dans la boue,
Ce jour-là, l'écusson de son ambassadeur.

III

Tous ces petits valets de la diplomatie
Rient, après, du poète ; et, fiers de leur dédain,
Venimeux de mensonge ou gonflés d'argutie,
Ils le montrent du doigt, ainsi qu'un paladin.

Si le ciel en eût mis quelqu'un sur un grand trône,
L'on aurait vu pourtant — mais on les a proscrits —
Comment un noble cœur sait jouer sa couronne,
Lorsqu'on égorge un peuple et qu'on entend ses cris.

Pas un n'aurait manqué des autres ; quelque chose
Toujours, vers le malheur, pousse les cœurs ardents ;
On arrive toujours, pour une sainte cause ;
Et quand on n'a pas d'arme, on lutte avec les dents.

IV

Le monstre broya tout ; les pères de son âge
Imploraient les bourreaux, pâles, les yeux en pleurs ;
Tout fut vain ; que fesait au Czar, loin du carnage,
Quand ses fils l'embrassaient, qu'on égorgeât les leurs !

Lorsque de pauvres sœurs pleuraient silencieuses
Leurs frères fusillés dans quelque noir détour,

Ses bals étincelaient de femmes gracieuses,
Et, sans songer aux morts, on y causait d'amour!

Les canons qui grondaient, pleins de remords peut-être,
Firent la terre sombre et l'horizon obscur ;
Qu'importe! L'Empereur voyait, de sa fenêtre,
Le jour plein de soleil, l'espace plein d'azur.

V

Mais, s'il est vrai, mon Dieu, que trop loin de ta sphère,
Les opprimés, en vain, lèvent les yeux vers toi,
Puisque le droit se meurt, puisque tu laisses faire,
Puisque, étant les plus forts, des monstres font la loi,

Puisque ce n'est plus rien qu'un peuple qu'on égorge,
Puisqu'on laisse éventrer les femmes sans remord,
Puisque le Czar a pu, les talons sur sa gorge,
Mutiler la Pologne et rire de sa mort,

Puisqu'il a fait verser tant de larmes amères,
Puisque dans sa fournaise il fit toujours chauffer,
Puisqu'il prit, par l'exil, tant d'enfants à leurs mères,
Puisqu'il but tant de sang, mon Dieu, sans s'étouffer,

           [hâche!]
Du moins, trempe mon vers, comme un tranchant de
Qu'il soit maudit par eux, maudit même des siens!
Oui, fais-moi son bourreau!.. Je veux, puisqu'on fut
Décapiter sa gloire et la jeter aux chiens!!.. [lâche,]

LE CHALET

.... *Cosi agli amici*
Boschi tornando, ò tratto i dì felici
.... Ainsi de retour dans les bois
J'ai ramené les jours heureux.

LE TASSE.

I

Après tous les champs du village,
Vois-tu, là-haut, vers le lointain,
Ce chalet couvert de feuillage
Où le soleil tremble et s'éteint?

Naguère, en fuyant la campagne
Le cœur joyeux, là, j'ai trouvé,
Près d'une eau vive de montagne,
L'asile que j'ai tant rêvé.

J'en sais qui peut-être ont plus d'ombres,
Plus de parfums légers dans l'air,
Des forêts, en été, plus sombres,
La nuit, un horizon plus clair;

Mais aucun, pour ma nonchalence,
Ne recueille, aussi mollement,
Ce calme heureux dont le silence
Me berce dans l'isolement.

Aucun, pour mon âme rêveuse
Cachée aux regards curieux,
N'a de teinte plus vaporeuse,
De reflet plus mystérieux.

Du ciel de sa côte lointaine
Aussi j'admire les couleurs,
Aussi, des bords de sa fontaine,
J'ai vu fleurir toutes les fleurs.

Aussi, de son toit solitaire,
Aimant l'abri si doux pour moi,
Là, je voudrais, loin de la terre,
Vivre oublié, seul avec toi.

II

Oh! que de vagues lueurs blanches,
Quand les taillis silencieux
Laissent dormir la lune aux branches,
Embelliraient alors les cieux!

Comme l'ombre, quand le jour brûle,
Nous garderait ses frais gazons!
Comme en été le crépuscule
Étoilerait les horizons!

Comme nous aimerions ensemble
Ouïr le pâtre, dont la voix
Fait, de ses chèvres qu'il rassemble,
Tinter les cloches à la fois !

Comme l'arc-en-ciel qu'on admire
Dans sa bruine, après l'éclair,
Au soleil rendant son sourire,
De gouttes d'eau perlerait l'air !

Comme du ruisseau qui serpente,
Quand le soir fait taire le vent,
Lumineuse, de pente en pente,
Nous suivrions l'écume, en rêvant !

III

Là, je te dirais mon enfance,
Et tous les songes de bonheur
Dont me caressait l'espérance,
Elle qui chantait dans mon cœur,

Lorsque, penché sur ma nacelle,
Le courant me berçait toujours;
Lorsque, du ciel, une étincelle
Brillait dans l'ombre de mes jours;

Lorsque je prêtais un langage
D'amour caché, de vague espoir,
A tous les frissons du feuillage,
A tous les murmures du soir ;

Lorsqu'un rayon, lorsqu'une flamme,
Lorsqu'un soupir venu des cieux,
Avec l'ivresse dans mon âme,
Mettaient des larmes dans mes yeux!

IV

Là, tu saurais comment j'adore
Le Dieu qui me fit ton amour,
Dans chaque soir, dans chaque aurore,
Dans l'azur profond d'un beau jour;

Dans la fleur des bois que tu cueilles;
Dans notre étoile à son réveil;
Dans l'eau qui luit, au bout des feuilles,
Comme des gouttes de soleil;

Dans ta démarche cadencée,
Dans l'éclat de ton front joyeux,
Dans les douceurs de la pensée,
Dans les tendresses de tes yeux;

Dans ces baisers, dont le sourire
T'embellit pour mon souvenir;
Dans le bonheur que tu m'inspire
Et qui ne doit jamais finir!

Car, le ciel garde sa lumière
Pour ceux dont l'amour est la foi,
Un nom de femme, la prière!
Pour ceux qui t'aiment comme moi!..

LE CHEVAL ARABE

Mon cheval est le seigneur des chevaux !
Il est bleu comme le pigeon sous l'ombre,
Et ses crins noirs sont ondoyants.

(*Chanson arabe*).

I

Dans ses sables brûlants, le désert le fit naître !
Voyez comme il est fier ! A la voix de son maître
Qu'il est noble, voyez ! Le sursaut du réveil
Allume son regard comme un feu qu'on attise,
Et, sous son poil uni, sa croupe ronde et grise
Semble un marbre luisant qui miroite au soleil.

Il s'agite, il s'anime, et, secouant sa tête,
Son ardeur, que trahit une oreille inquiète,
D'un bond le fait dresser ! Dans son hennissement,

J'aime alors sa crinière aux désordres sauvages ;
On dirait, quand la mer va franchir ses rivages,
Le flot qui sur l'écueil se brise en écumant !

Les fers n'usent jamais sa corne lisse et dure ;
Il vit sobre : la soif et la faim qu'il endure
N'altèrent pas ses flancs que leur côte arrondit ;
Ses pieds impatients frappent le sol qu'il creuse ;
Ses reins sont courts et droits, sa narine anguleuse
Et ses jarrets saillants, fermes lorsqu'il bondit !

Son corps semble ondoyer, tandis que ma maîtresse,
Souriante d'amour, d'un baiser le caresse ;
Près d'elle, il sait calmer sa fougue ; obéissant,
Il ramène sa tête, et, de son encolure,
Le cigne imite seul la grâce et la courbure,
Quand la vague sous lui se creuse en le berçant.

II

Mais, dès que la bataille, ainsi qu'une tempête,
Mêle aux tambours battant le cri de la trompette,
Dès que la poudre au loin grandit ses tourbillons,
Dès que les lourds carrés se pressent, se ramassent,
Dès que l'obus qui monte, et les boulets qui passent
  Creusent dans les airs leurs sillons,

Sa vigueur, si docile et si calme naguère,
Ardente se réveille ; il tressaille : la guerre

Le fait bondir; ses yeux éblouissent d'éclairs
Comme l'acier trop chaud qui jaillit sur l'enclume;
Et de son mors qu'il mâche il disperse l'écume
    Au vent de ses naseaux ouverts !

Je sens alors du feu sous ma main qui le flatte;
Son sang bout, il rougit sa narine écarlate;
Ses muscles font saillir sa peau comme un ourlet;
Puis, tandis que ses flancs de gouttes d'eau ruissellent,
Les veines de son cou se gonflent et se mêlent
    Comme les mailles d'un filet.

Libre du frein, il part, il s'enlève, il s'élance;
Son galop, de la grêle imite la cadence,
Le chemin disparaît, le sol tremble mouvant,
Sa crinière s'effare, il la dresse fumante,
Et sa queue aux longs poils se tord et se tourmente
    Comme des flammes sous le vent.

III

Maintenant, le voilà jeté dans la mêlée :
Le cœur chaud, l'œil ardent, la tête échevelée;
Humant joyeux l'odeur de la poudre et des morts;
Du plomb, du feu, du fer affrontant les blessures ;
Farouche, et rougissant, du sang de ses morsures,
    La blanche écume de son mors.

Après six mois de lutte et de marches forcées,
Quand les autres s'en vont les paupières baissées,

Comme pour le ronger, lui, mord toujours son frein !
Ses yeux ont tout leur feu, sa marche est ferme encore,
Et ses pas qui, de loin, font le chemin sonore,
    Semblent des marteaux sur l'airain !

Et si nos ennemis, comme de larges ondes,
Nous pressent même alors de leurs lignes profondes,
Soudain, prêt à mourir pour le maître qu'il sert,
Sans craindre le danger qu'il méprise, intrépide,
Il fond sur eux, les perce, et m'emporte, rapide,
    A franchir d'un bond le désert.

SOIRÉE DE JUIN

Lo giorno se n'andava
Lo jour s'en allait.

DANTE.

I

Voici le soir : à sa surface
L'eau devient rose, et son ciel pur
D'un nuage léger qui passe
Découpe l'argent dans l'azur.

Sous l'eau, vive de sa lumière,
Le ciel bleu réfléchit encor
Les bords ombreux de la rivière,
Et des arbres aux cimes d'or.

Car, tandis que des vapeurs blanches
Se mêlent en flocons dans l'air,
Il reste, au bout de quelques branches,
Un peu de soleil calme et clair.

4

Il reste du soleil encore,
Mais si vague, dans le lointain,
Qu'on dirait un reflet d'aurore
Prêt à fuir devant le matin.

Les ailes des brises aimées
Emportent aussi dans leur vol
Les chansons d'amour embaumées,
Que chante au ciel le rossignol.

Déjà s'éveillent des étoiles,
Radieuses, parmi les bois,
De se dépouiller de leurs voiles
Pour mieux scintiller à sa voix.

Tout est parfum, tout est mystère!
A cet adieu divin du jour,
On sent déjà que sur la terre,
La nuit va palpiter d'amour.

Mais, loin de toi, rien ne me laisse
Pas même une ombre de bonheur;
Éloignés, l'on meurt de tristesse
Alors qu'on s'aime par le cœur.

Sans toi, qu'importent les soirées
Claires d'eau vive et de ciel bleu,
Les frissons des feuilles dorées
Et l'air calme et l'étoile en feu?

A quoi bon cette teinte rose,
Ce blanc nuage au pli vermeil,

Il manque à l'azur quelque chose,
Des rayons manquent au soleil.

Tandis que la brise m'encense,
Le rossignol est trop joyeux;
Il semble ignorer ton absence,
Il ose chanter sous mes yeux.

Aux fleurs, aux astres, aux zéphires,
Aux doux bois dans l'ombre apaisés,
Il manque ce soir tes sourires,
Ce soir, il manque tes baisers!

LES ADIEUX

I love not man the less but nature more.
Ce n'est pas l'homme que j'aime le moins,
Mais je lui préfère la nature.
                              BYRON.

I

Maintenant, laissez-moi; c'est la saison charmante
Où notre âme au bonheur se livre plus aimante,
Où l'on mourrait d'ennui dans l'ombre des maisons,
Où, flottant au hasard, notre regard s'oublie
Et s'égare, le soir, plein de mélancolie,
        Aux bords si purs des horizons.

Amis, c'est le printemps, la saison amoureuse
Où le gai laboureur, dans le sillon qu'il creuse,
Voit en rêve déjà se dorer ses maïs;
La saison où l'on pleure, alors que l'hirondelle
Vers son nid qui l'attend précipite son aile
        Et qu'on est loin de son pays.

La nue, au ciel, déjà semble un duvet de cigne ;
Les cerisiers fleuris dans nos angles de vigne
Coupent d'un vif azur leurs bouquets odorants,
Et sur eux l'on retrouve, au jour, tant de fleurs blanches,
Que la nuit semble, heureuse, avoir trempé leurs bran-
      Dans l'écume de nos torrents.   [ches]

Au soleil, tout est frais aujourd'hui : la vallée
Unit le long ruban de sa route ondulée ;
Les nuits vont, par l'amour, remplacer le sommeil ;
Les vitres, les gazons, les feuilles et les ailes,
Tout s'allume de feux, tout brille d'étincelles ,
      Tout s'illumine de soleil.

Les soirs n'ont pas encore ces beaux couchants de braise
Qui jettent aux maisons des rougeurs de fournaise ;
Les grands bois ne sont pas encor mystérieux ;
Mais dans leur clair-obscur, ce sourire de l'ombre,
Déjà le crépuscule aimé du côteau sombre
      Imite l'aube au fond des cieux.

II

    Je m'ennuie, au milieu des hommes!
    Les décadences me font peur,
    Et la servitude où nous sommes
    Ne me laisse que la stupeur.

    Je ris du maître qu'on se donne,
    Nain d'hier, qu'un forfait grandit,

Mais qui n'aura, sous sa couronne,
Jamais, que le front d'un bandit.

Je ne comprends plus qu'on nous mène,
Ainsi qu'un enfant par la main,
Et qu'on arrête l'âme humaine
Qui, vers Dieu, poursuit son chemin.

III

Laissez-moi, laissez-moi! Voyez, l'été commence,
    La voûte des cieux est immense,
La nuit va nous porter l'odeur des fenaisons,
    Et ce soir, riante compagne,
La lune qui l'attend au bord de la montagne
    Éblouira les horizons.

Hier, comme dans l'azur qui perce la clairière,
    Glissait à peine sa lumière,
Le soleil, 'sous les bois, faisait des feuilles d'or ;
    Ses premiers reflets dans les nues
Éclairaient l'Orient de teintes inconnues
    Et des ailes brillaient encor.

Dans quelques jours, tandis que le ciel bleu mais som-
    Laissera la terre dans l'ombre,   [bre,]
Large, nous la verrons à minuit se lever ;
    Sous les étoiles et les branches,
Du hameau qui s'endort, baigner les maisons blanches,
    Et ses lointains feront rêver.

IV

A midi, le soir, à l'aurore,
Dans mes courses, je veux d'ailleurs,
Épris de leur sourire encore,
Je veux revoir toutes mes fleurs.

Toutes mes fleurs, mes fleurs aimées,
Celles dont la brise est de miel,
Celles qu'on dirait animées
Comme d'un reflet d'arc-en-ciel.

Celles qui parent la chaumière,
Celles qui font le cœur aimant,
Celles qui gerbent la lumière,
Comme un angle de diamant.

Celles qui montent en aigrettes,
Celles que moirent des frissons,
Celles que touchent les fauvettes
De leurs ailes dans les buissons.

Celles qu'on noue avec la gerbe,
Celles aux parfums bienfaisants,
Celles qui se cachent dans l'herbe
Où s'allument les vers luisants.

Celles qu'on cherche dans la plaine,
Celles qui, s'ouvrant sur les monts,
Nous font rêver la douce haleine
De la femme que nous aimons.

Celles qui dans l'air se suspendent,
Celles qu'un souffle fait bouger,
Celles dont les grappes répandent
Comme des parfums d'oranger.

Celles qui du bord des fontaines,
Quand l'eau polit ses clairs miroirs,
Semblent fixer leurs sœurs lointaines,
Dans l'azur calme des beaux soirs.

Celles que blessent les faucilles,
Celles qui peuplent les sillons,
Celles qu'aiment les jeunes filles,
Celles qu'aiment les papillons.

Celles qui forment sur leur branche
Comme un bouquet, celles encor
Dont la corolle rose et blanche
Fait les abeilles toutes d'or.

Celles qu'on dirait embrasées,
Celles qui flottent sur les eaux,
Celles qui perlent de rosées
Les doux nids des petits oiseaux.

V

Maintenant, laissez-moi, ne troublez pas mon âme;
Aux champs, une voix me réclame,
La voix d'amour de mon pays:

Les blés noirs vont fleurir, les regains verts s'arrosent,
 Et déjà les traquets se posent
 Sur les aigrettes des maïs.

VI

J'oublie aux champs ces rois infâmes
Qui, fous d'orgueils et de plaisirs,
Corrompent tout, hommes et femmes,
Et n'ont pour loi que leurs désirs.

J'oublie aux champs ceux qui se vendent
Pour un titre, pour un palais,
Plus courbés, quand leurs mains se tendent
Que le dernier de leurs valets.

J'oublie encore tous ceux qui rampent
Aux genoux d'un monstre puissant ;
Tous ceux qui broient ; tous ceux qui trempent,
Pour grandir, leurs mains dans le sang.

J'oublie, heureux, la sombre histoire
De ces bandits qui, sans remords,
N'ont jamais, dans une victoire,
Senti l'odeur que font les morts.

J'oublie enfin ceux dont les têtes
Se penchent humbles au saint lieu,
Qui, tout haut, chantent les prophètes,
Et qui, tout bas, doutent de Dieu.

VII

Maintenant, je suis fou, laissez-moi, je m'arrête
    Pour un bouton de pâquerette,
    Pour un reflet, pour un frisson;
    Près de moi chante la fauvette
Et les sureaux en fleurs inspirent sa chanson.

De parfums, maintenant, il faut que je m'enivre;
    Il faut que je m'écoute vivre,
Seul à seul, dans les bois heureux de m'exiler,
Dans l'ombre des moissons, dans l'ombre des prairies,
Et le long des ruisseaux qui font nos rêveries
Si tristes quand on aime et qu'on voit l'eau couler.

Il faut que j'aille seul, partout où bon me semble:
Près de la goutte d'eau qui s'allume et qui tremble,
Plus lumineuse encore avant que de tomber;
    Près de l'herbe d'amour, si frêle
    Que le papillon, de son aile,
        La fait courber.

    En avril, quand l'azur essuie
    Les dernières gouttes de pluie
Dont les lilas en fleurs ont humecté leur miel,
Je veux entendre au loin, sur la côte dorée,
    Le coucou ravir la soirée,
    Comme une voix de l'arc-en-ciel.

VIII

Sous les taillis de la montagne,
Je veux m'isoler tout un jour,
Là, des yeux, fouiller la campagne,
Et rentrer, quand l'ombre les gagne,
Ivre d'extase, ivre d'amour.

Car, c'est charmant que de descendre
Les montagnes par un soir clair;
L'azur alors devient si tendre,
Que des chansons se font entendre,
Que des baisers passent dans l'air.

Bien des fois, avant qu'on n'arrive
Au seuil, alors, de sa maison,
Comme une voile sur la rive,
Dans un pli du ciel, calme et vive,
La lune aborde à l'horizon.

Puis, son aube pâle se mêle
Au crépuscule rose encor,
Et l'arbre noir qui la recèle
Fait au loin jaillir l'étincelle
De sa petite étoile d'or.

IX

Dans un baiser, dans un sourire,

L'âme pleine d'amour, le cœur plein de chansons,
    J'ai d'ailleurs des secrets à dire
      Aux petits oiseaux des buissons;
Aux aubes du printemps, qu'un premier reflet dore;
    Aux vers luisants que l'ombre adore,
Quand les souffles des nuits endorment leurs frissons;
    Au nuage qui se colore,
    A la fleur des champs près d'éclore,
    Aux nids cachés, à l'aube encore,
    Aux zéphirs légers de l'aurore,
    Aux brises folles des moissons.

    Je veux me tapir dans les haies,
    Quand leurs églantiers vont fleurir,
Sous le ciel d'un bleu vif, coupé de blanches raies
Ou de nuages d'or, qu'un vent frais fait courir.

    Des horizons, comme une coupe,
Je veux voir se creuser mes vallons onduleux,
Et briller le hameau que le printemps découpe
    Sur ses blés verts et ses lins bleus.

    Je veux m'arrêter à mi-côte
Pour crier de bonheur vers l'espace, et pour voir
L'ombre, saisir, au toit de ma maison plus haute,
    Les dernières lueurs du soir.

Scintillante, sur l'eau du gouffre noir qui fume,
Je veux voir la cascade, aux feux d'un jour vermeil,
Entre ses arcs-en-ciel et ses blancheurs d'écume,
    Lancer des perles au soleil.

X

Oui, je suis fou de poésie,
C'est la voix qui me dit d'aimer,
C'est mon rêve, ma fantaisie,
Le feu qui doit me consumer.

Je suis le fou de la nature,
Le fou des bois, le fou des champs,
Le fou de l'ombre au doux murmure,
Le fou des beaux soleils couchants.

Je suis le fou des nuits aimées ;
Des astres qui, sous un ciel pur,
Livrent, aux branches embaumées,
Toutes les fraîcheurs de l'azur.

Je suis le fou dont l'âme entonne,
Des proscrits, les chants défendus,
Le fou qui cherche aux soirs d'automne
Leurs rayons dans l'ombre perdus.

Loin des stupides multitudes,
A travers mes sentiers errants,
Je suis le fou des solitudes,
Le fou des monts et des torrents.

XI

Mais, dès que, loin de nous fuiront les hirondelles,
Que leurs adieux feront pleurer,

Dès que les derniers soirs n'attendront plus leurs ailes,
Pour les dorer;

Par un jour sec d'automne, aux brumes immobiles,
Dès que, troublant l'air de leurs cris,
Les cigognes viendront rayer, en longues files,
Notre ciel gris;

Dès que les mendiants verront toutes les portes
Se serrer contre les vents froids,
Et les feuilles tomber, les pauvres feuilles mortes,
Le long des bois;

XII

Du souvenir qui les colore,
Illuminant alors l'azur de mes beaux jours,
Amis, je reviendrai toujours,
Je reviendrai, joyeux de vous sourire encore,
Je reviendrai, comme à l'aurore
L'oiseau qui monte aux cieux pour chanter ses amours.

XIII

Alors, je vous dirai comment Dieu se révèle
Dans ces arbres fleuris dont la feuille nouvelle,
D'un vert tendre, en avril, relève la blancheur;
Dans ces plis de ruisseaux dont les branches pressées,
Sur nos rêves amis, sur nos douces pensées,
Versent tant d'ombre et de fraîcheur.

A l'abri de la haie, où le seigle s'incline,
Je vous dirai comment on monte la colline,
Pour respirer l'encens de nos vignes ; pour voir
Les lignes du couchant dans l'espace enflammées
Et le dernier soleil qui bleuit les fumées,
    S'embellir des teintes du soir.

    Aux coups de vent dont le toit tremble,
En attisant le feu, nous causerons ensemble,
Des fleurs et des gazons par les amants foulés,
Des eaux où le jour luit, comme sur des écailles,
Et de ces belles nuits où l'on entend les cailles
    Qui se répondent par les blés.

Aux mois des cieux profonds et des lunes brillantes,
Tandis qu'un vif essaim d'étoiles scintillantes,
Des cimes de nos monts couronnent le tableau,
Je vous dirai comment, le long de la rivière,
On envoie un baiser d'amour à la première
    Qui vous attend au bord de l'eau.

Je vous dirai comment notre âme se recueille
Aux lisières des bois, lorsque pas une feuille
Ne fait bouger son ombre à l'air ; comment encor,
Un beau couchant s'éteint sur la montagne brune,
Comment le soir se fait après ; comment la lune
    Sourit au crépuscule d'or.

    Lorsque décembre, aux nuits glacées,
Encombrant les chemins de neige entassées,
Engourdit la nature, hélas, pour bien longtemps !

Des arbres, dont l'azur est si clair dans les branches,
Je vous dirai comment les flocons de fleurs blanches
    Neigent au soleil du printemps.

Alors, je vous dirai comment l'aurore est belle,
Quand sa dernière étoile, encore brille pour elle,
Jusqu'à l'heure où les monts ont des reflets de feu;
Je vous dirai, comment du fond de nos vallées
S'élèvent, du matin, les vapeurs ondulées
    Pour se fondre dans le ciel bleu.

Alors, je vous dirai ce que disent entr'elles
Les feuilles et les fleurs, les brises et les ailes;
Ce que l'on voit l'été de pur, de gracieux,
De large, d'ébloui, dès qu'un beau jour se lève;
Ce qu'inspirent d'amour les nuits, ce que l'on rêve,
    Devant l'immensité des cieux!

    L'hiver, près de la cheminée,
Tandis que hurlera la tempête obstinée,
Ainsi que des oiseaux, gais d'un printemps vermeil,
Amis, j'éveillerai pour vous toutes mes lyres,
J'aurai des lèvres d'or, des yeux pleins de sourires,
    J'aurai des vers pleins de soleil!

UN SOIR DE FÊTE

Jeune fille, rêver, c'est voir dans sa pensée
Le reflet vague et doux, la teinte nuancée
Que laisse, dans l'espace, un crépuscule ami ;
C'est dorer l'avenir, c'est lever à demi
Le voile du plaisir, mais d'une main timide ;
Au moment du réveil, la bouche encore humide
D'un céleste baiser, c'est entrevoir le Ciel !
C'est respirer toujours une brise de miel ;
C'est croire que les fleurs vous disent quelque chose ;
C'est porter à son sein un frais bouton de rose ;
Le regard souriant, c'est aimer à se voir
Dans l'azur des ruisseaux comme dans son miroir,
C'est élargir les cieux ; sous le jour près d'éclore,
C'est entrevoir l'amour comme une vive aurore,
C'est chanter dans son cœur, c'est se parler tout bas :
Oh ! ne me dites plus que vous ne rêvez pas !

5

CHANSON D'ÉTÉ

I

Oui, tu le sais, quand tout s'enflamme,
Aux mois des beaux soleils couchants,
J'ai toujours rêvé pour mon âme
Une nuit d'amour en pleins champs.

Quand on vit seul dans la nature,
Tout n'a qu'un sens mystérieux;
La voix du cœur n'est qu'un murmure;
Rien ne vous porte vers les cieux.

La nature, pour la comprendre,
Pour deviner ses grandes lois,
Il nous faut souvent un mot tendre,
Un baiser d'amour quelquefois.

Ce livre divin, pour le lire,
Pour bien sentir ce qu'on y voit,
Il nous faut votre gai sourire,
Il nous faut votre joli doigt.

Après une douce parole,
Il faut un silence rêveur ;
Un bras léger sur. notre épaule ;
Un front pensif sur notre cœur.

II

.Votre sourire nous révèle
Tout ce que l'ombre a de clarté,
Quand l'astre luit, en étincelle,
Au ciel vivant des nuits d'été.

Votre front rêveur nous explique
Le charme des recueillements,
Et ce vague mélancolique
Des grands bois tristes par moments.

Un doigt de femme nous dévoile
Toute la profondeur des cieux ;
Pas un lointain, pas une étoile
Ne veut se cacher à vos yeux.

Tout vit par vous, tout se reflète
Dans votre œil bleu, dans votre œil noir ;
Tout, jusqu'à l'humble violette,
Quand vous passez, tout veut vous voir.

Tout vous murmure quelque chose ;
Tout se pare pour vous charmer ;
L'eau brille en perle sur la rose ;
Les printemps vous disent d'aimer !

III

Va, ne crains pas que mes retraites
S'ouvrent aux regards curieux ;
J'ai pour toi des ombres discrètes,
J'ai des abris mystérieux.

Il fera beau ; sur nos campagnes,
Tendres comme un regard d'amour,
Les crépuscules des montagnes
Resteront pour nous jusqu'au jour.

L'azur des nuits sera tout nôtre :
Nous serons seuls ; loin des chemins,
Assis heureux, l'un près de l'autre,
Nous aurons les mains dans les mains.

Si l'oiseau des astres s'éveille
Pour chanter le ciel près de toi,
Là, tu pourras, quand tout sommeille,
Rêveuse, te pencher sur moi.

Là, te bercer des douces choses
Qu'on murmure le premier jour
Où le printemps fleurit les roses
Dont se parfume notre amour.

Là, tu mettras, comme distraite,
En songeant aux tendres aveux,
Mêlés d'épis verts, en aigrette,
De beaux bluets dans tes cheveux.

IV

Au temps d'aimer, il faut qu'on aime;
L'oiseau vole pour se poser;
Aimer c'est tout, et Dieu lui-même
Sourit en nous dans un baiser.

Dieu, pour le cœur, fit le mystère,
Les reflets dans l'ombre flottants,
Le bois profond et solitaire,
Il fit les teintes du printemps.

Il fit la source murmurante,
La fleur pensive au bord des eaux,
L'horizon bleu, la nue errante,
Il fit les nids et les oiseaux.

Il fit les charmes du silence,
Les caresses des soirs d'été,
Les douceurs de la nonchalance,
Les grâces de la volupté.

Il fit les âmes demi-closes,
Les nuits d'azur, les nuits de miel,
Puis les rossignols, puis les roses,
Puis les étoiles, puis le ciel.

V

Autour de nous, comme la soie,
Nos champs d'épis se frôleront ;
La lune fera de ma joie
Une auréole pour ton front.

A minuit, pour nous plus tardive,
Tu la verras dans le lointain,
Laisser au ciel, dès qu'elle arrive,
Comme une teinte du matin.

Peut-être qu'à travers les branches
Tu pourras même, à son lever,
L'admirer dans ces vapeurs blanches
Où l'on croit qu'elle vient rêver.

Elle mettra, sur le bois sombre,
Au bout des arbres, sa clarté ;
Elle fera chanter, dans l'ombre,
Nos souvenirs de tout côté.

VI

Quand une nuit pleine d'ivresses
A jeté ses charmes sur nous,
Quand elle a bercé de caresses
Nos songes d'amour les plus doux,

Dans un frisson, dans un murmure,
Quand on a goûté le bonheur,
Quand on a senti la nature
Palpiter avec notre cœur,

Le lendemain, si l'on s'arrête
Sous un pli d'ombre dans les blés,
Si l'on regarde, l'âme en fête,
Les épis que l'on a foulés,

Il semble que, pour nous, encore
Du ciel une brise revient,
Il semble que tout veut éclore,
Il semble que tout se souvient.

Du matin, le souffle qui passe
Embaume l'air de ses tiédeurs,
L'azur est plus vague, et l'espace
Ouvre à l'âme ses profondeurs.

Toutes les voix de la nature
Ont des accents des cieux venus,
Tout sourit, tout se transfigure,
Tout prend des reflets inconnus.

Les pauvres fleurs qu'on a brisées
Laissent, même au lever du jour,
Évaporer, dans leurs rosées,
Comme un parfum de notre amour.

VII

Oh! l'amour c'est le grand mystère!
D'un sourire délicieux,
Dieu l'a créé pour que sur terre
On se souvînt toujours des cieux.

Dieu l'a créé d'une étincelle
Pour que son doux nom fût béni,
Pour que l'âme soit immortelle,
Pour que nous rêvions l'infini.

C'est l'extase de la prière,
C'est l'ivresse des cœurs constants,
C'est le luxe de la lumière,
C'est l'auréole du printemps!

LE MONSTRE

Dans tous les temps, la marque
distinctive du véritable génie poli-
tique a été l'aptitude à fonder une
œuvre solide et durable, en l'accom-
modant aux besoins profonds d'un
peuple et d'une époque.

LANFREY.

I

Qui, moi, m'agenouiller devant ta renommée?
Comme ces vieux soldats, blanchis dans ton armée,
Te croire presque un Dieu, seul grand parmi les grands?
Non, qu'il règne à Paris ou qu'il s'impose à Rome,
Non, j'ai le cœur trop fier pour adorer un homme
  Et les caprices des tyrans !

Je sais, près de vingt ans tu fais gémir la terre;
Ton orgueil n'a qu'un but, la gloire militaire;

De cette étoile en feu, l'éclat seul te séduit;
C'est elle qui, toujours, vers le sang te ramène;
Reste donc le plus grand boucher de chair humaine
    Que jamais le monde ait produit!

Libre à peine d'hier, lorsque sur ses frontières
La France vit des rois les menaces altières,
Oh! j'aime alors sa lutte ardente; je comprend
Que Paris, ce volcan aux gueules enflammées,
Les accable des feux de ses quatorze armées,
    Oui! mais pourquoi le conquérant?

Pour un seul, à quoi bon ces luttes colossales
Qui te donnaient Berlin et Vienne pour vassales?
A quoi bon tant de morts dans l'ombre ensevelis?
La gloire d'un tyran de son peuple est la honte!
Il est beau de mourir, mais pour tous! A ce compte,
    Valmy fait pâlir Austerlitz.

Ulm, Iéna, Wagram tracent dans leur enceinte
Un cercle où, sous tes pas, meurt la liberté sainte;
Aux sinistres éclairs des lourds canons tonnants,
Tes maréchaux, ainsi que des spectres funèbres,
Sous ton sceptre courbés, marchent dans les ténèbres:
    Hoche et Kléber sont rayonnants.

Du haut de ton Empire, et par delà ses fêtes
Où, des peuples vaincus tu chantais les défaites,
Ne voit-on pas d'ailleurs, vers le fond du tableau,
L'Espagne, le Kremlin dont la flamme s'allume?
Plus loin, ta vieille garde errante dans la brume?
    Plus loin, Leipsig et Waterloo?

Comme un fleuve grossi qui franchit ses rivages,
Ne voit-on pas du Nord les peuplades sauvages,
De toi seul, dans Paris, fières de se venger;
Puis, ces nobles sans cœur raillant nos infortunes;
Puis ces rois fous d'orgueil et gonflés de rancunes
    Que nous imposait l'étranger?

II

Le passé ne meurt pas; c'est la gloire qui tue!
Alexandre est vainqueur, et la Grèce abattue
Meurt dans ses bras sanglants; quand le peuple romain
Eut acclamé César, au bruit de ses fanfares,
Dans son bouge, Néron s'éveille, et les Barbares
    De Rome trouvent le chemin.

Toi, tu fausses le droit; la liberté, ta mère,
Tu la jette, éperdue, à l'égoût de Brumaire;
Muet, tu creuse après de sinistres desseins,
Et de tant de héros qui nous voulaient des hommes,
Tu fais cyniquement des voleurs de royaumes,
    Un jour même des assassins.

Le prince importe peu, mais je vois la victime:
Tu frappes pour régner, donc sa mort est un crime;
Confiant, il dormait sous un ciel étranger,
Lorsque de vils soldats, qui l'avaient pris pour maître,
Après l'avoir saisi dans l'ombre, comme un traître,
    L'enlevèrent pour l'égorger.

Allons, pourquoi mentir! En vain à Sainte-Hélène,

Alors que tu songeais au fossé de Vincenne,
Et que, peut-être aussi, le remords te rongeait,
En vain tu te lavais de cette mort atroce !
Allons, tu le sais bien, que l'on creusait sa fosse
  Tandis qu'ailleurs on le jugeait ! !

Prodigieux vainqueur, un moment tu pus croire
Que ton lâche forfait se perdrait dans ta gloire ;
Mais le ciel s'obstina. Pour ternir tes grands jours,
Pour garder à jamais sa trace ineffaçable,
Dieu le mit dans l'airain et non pas sur le sable.
  Il est des morts qui crient toujours !

III

C'est assez, reprenons : l'Autriche était brisée,
La Prusse anéantie ; au Nord, presque épuisée,
La Russie, à Tilsitt, mendiait ton soutien,
L'Angleterre mâchait en vain sa bave immonde,
La gloire t'escortait pour rajeunir le monde ;
  Tu pouvais tout ; que fis-tu ?.. Rien !

Rien ; d'un trône brisé tu rajuste un Empire ;
Les rois étant hideux, tu deviens encor pire,
Un despote inouï. Toi, parti le dernier,
Tu veux tout dépasser, tu donnes des provinces,
D'ignobles renégats tu fais des ducs, des princes,
  Même un roi d'un palefrenier.

Pour mieux trancher, rendant tes généraux difformes,
Tu surcharges leurs fronts de panaches énormes ;

Empereur né d'hier et du choc des hasards,
Tu condamnes l'Autriche à te donner pour gage
Celle que tu 'nommais, dans ton pompeux langage,
  La fille auguste des Césars.

Le temps avait usé les vieilles théories;
Le Christ se réveillait, beau de ses chairs meurtries;
Toi, ne croyant à rien qu'à la fatalité,
Pour t'imposer encor, par un vain simulacre,
Tu refermes sa tombe; il nous reste le sacre,
  Et puis le Pape est souffleté.

Or, ce fut vraiment beau de voir ainsi l'apôtre
Courir vers l'Empereur, l'un voulant duper l'autre;
Des autels, pour lui seul, l'un rallumant le feu,
L'autre empressé de tendre une main qui mendie,
Tous deux vils histrions jouant la comédie,
  En plein soleil, et devant Dieu !

Que voyons-nous après?.. La France sans frontières;
Maudit, pour tes vingt ans de luttes meurtrières,
Ton nom nous accabler; les despotes jaloux
S'unir tous, et, du fiel de leur âme blessée,
Du souvenir vengeur de ta gloire insensée,
  Aigrir les peuples contre nous !

IV

Ah! si, te retournant vers la jeune Amérique,
Tu te fus souvenu que, sans la République,

Les rois, de ton génie auraient brisé l'essor ;
Lorsque la Liberté, croyant à ta parole,
T'eut donné Rivoli, Toulon, le pont d'Arcole,
    Aboukir et le Mont-Tabor ;

Si, des peuples vaincus, mais lassés d'être esclaves,
Ta puissance invincible eût brisé les entraves ;
Si, loin de conquérir, ta main eût délivré,
Comme de notre amour tu resterais l'idole !
Comme tu serais grand ! Avec son auréole,
    Comme ton front serait sacré !

Mais non, il te faut vaincre, il te faut sur la terre
Imprimer à ton œuvre un sanglant caractère ;
Voir la liberté morte, hélas ! dans son linceul !
Envieux d'éclipser les plus sombres despotes,
Il faut que, dominant les têtes les plus hautes,
    On n'aperçoive que toi seul.

Oui, toi seul, rien que toi ; des éclats de ta gloire
Il te faut éblouir le faîte de l'histoire ;
Ne laisser rien de grand à côté de ton nom,
Et pouvoir dire un jour, en voyant tous ces braves
Qui t'acclamaient, joyeux de mourir tes esclaves :
    Voilà de la chair à canon !

Toi seul et rien que toi, malgré le Directoire,
Tu traites de la paix ; gardant seul la victoire,
Tu marches ; ton orgueil bientôt n'a plus de frein ;
Tu ménages le Pape et tu livres Venise ;
A la France, déjà, par tes hauts faits surprise,
    Tu parles presque en souverain !

Les yeux vers l'Orient, de retour d'Italie,
Pour te grandir encor, tu rêve une folie ;
Ces fiers républicains que tu devais trahir,
Tu les prends et tu cours aux pieds des Pyramides
Battre quelques débris de Mameluks stupides,
    Sachant qu'on doit nous envahir.

Oui, toi seul, rien que toi : quand la fortune est faite,
Tu pars ; ayant prévu la honte et la défaite,
Tu compromets Kléber, le héros que tu crain.
Tu devais à Moreau, tu soldes par la haine,
Et tu voue à la mort, pour que rien ne te gêne,
    L'élite des vainqueurs du Rhin !

Tu peux, ressuscitant la Pologne agrandie,
Prévenir de Moscou l'implacable incendie ;
Qu'importe, il faut partir. Dès que le Czar faiblit,
T'arrêter est prudent ; qu'importe encore le piége ?
Toi, reculer ? Jamais ! Tu t'obstine, et la neige
    T'enveloppe et t'ensevelit !

Des rois qui t'ont joué, foudroyant les colères,
Tu peux briser encor les trônes séculaires ;
Mais, comme il faut alors sortir de son cercueil
La Liberté, de peur qu'en France on ne la fête,
Tu préfères subir ta dernière défaite
    Et t'abîmer dans ton orgueil !

Ainsi, premier consul, soldat, maître du monde,
Même près de toucher à ta chute profonde,
Toi partout et toujours. Les peuples sous ta loi

Errent, comme au soleil, des poussières d'atomes;
On ne voit que toi seul, foulant aux pieds les hommes,
    Toi seul! toi seul! oui, toujours toi!

V

Que l'exil donc te prenne et délivre la terre!
Va-t-en! Captif, du moins, tu vaincras l'Angleterre
Par la honte, n'ayant pu la frapper au cœur!
Va, tandis que Hudson Lowe en son nom te bafoue,
Noire de trahison, sale à suer la boue,
    Vautre-là dans son déshonneur!

Effroyable vaincu, laisse errer ta pensée
Dans ce vaste néant de ta grandeur passée;
De tes chutes, parfois, mesure les hauteurs,
Et crie aux envieux, en maudissant tes fautes,
De ne plus étouffer, sous l'orgueil des despotes,
    La gloire des libérateurs!

Va-t-en! Dès qu'un navire au loin se montre et passe,
Rêve encore la France, et, dévorant l'espace,
Regarde fuir, sans toi, la voile à l'horizon!
Semblable au vieux lion du désert qu'on enchaîne,
Rentre après, soucieux et mourant de ta gêne,
    Viens manquer d'air dans ta prison!

Pleure ton fils perdu! Pleure son doux sourire!
Pleure, ô dur conquérant! En haine de l'Empire,
Le tyran n'émeut pas, mais le père est sacré!

Songe alors cependant, songe à ces pauvres mères
Dont le. .;ants, sans nom, tués pour tes chimères,
    Partaient le cœur désespéré !

Toi qui, naguère encor, prodiguais les royaumes,
Toi qui voyais les rois, comme de vains fantômes,
Se presser dans ton ombre, exaltant le héros,
Souviens-toi d'Austerlitz, range ta Vieille Garde,
Puis mesure ce coin de terre qu'on te garde
    Pour y mourir chez tes bourreaux !

VI

Pourtant, ne quitte plus ton île désolée !
L'ombre d'un saule ami vaut mieux qu'un mausolée !
L'isolement, d'ailleurs, apaise le remord !
Toi qui, plein de mépris, même lorsqu'on t'encense,
As vécu toujours seul, muré dans ta puissance,
    Reste encor seul après ta mort !

Si le hasard te fit en France une patrie,
Ne viens plus la troubler, après l'avoir meurtrie !
Glorieux d'y revoir un jour la Liberté,
Nous ne te voulons plus dans notre capitale,
Car ta gloire est de sang ! car ton ombre est fatale !
    Car tu trahis l'humanité !

LE DÉPIT

Amor mi mosse che mi fa'parlare.
L'amour ma mue et me fait parler
                                    DANTE.

Va, je sais fuir qui m'évite;
        Mais, bien vite,
Tu me rendras ton amour:
Le cœur est une chimère
        Trop amère,
Où le luxe a son séjour.

La femme dont l'or abonde,
        Vagabonde,
N'aime que sa liberté,
Comme cet oiseau qui passe
        Dans l'espace,
Par son caprice emporté!

Aussi, le Ciel n'a pour elles
    Que des ailes
Promptes comme leur désir;
Aussi, jamais leur étreinte
    N'est empreinte '
Des tendresses du plaisir !

Mais nous, de qui l'on méprise
    La surprise,
Quand nous voyons nos amants,
Nous leur payons, plus constantes,
    Leurs attentes,
Par des baisers plus charmants !

Chacune, de sa demeure,
    Guette l'heure
Où vous passez pour nous voir,
Et d'un sourire, auprès d'elle,
    Vous appelle,
Quand le Ciel est doux, le soir !

Nous vous aimons, comme l'onde
    Qui l'inonde
Aime la fleur du printemps,
Alors que sa blanche écume
    Se parfume
Sous leurs calices flottants;

Comme les nuits étoilées .
    Leurs vallées
Pleines de lune et d'oiseaux;

Comme l'azur des rivières
Les lumières
Qui scintillent dans leurs eaux.

Comme au soleil embrasée,
La rosée
Les verts épis des moissons ;
Comme l'aube l'alouette
Dont la tête
Semble folle de chansons.

Comme, l'été, le bois sombre ;
Comme l'ombre
La brise du clair ruisseau ;
Comme l'enfant qui repose,
Blond et rose,
Le calme de son berceau !

RÊVERIE

I

Étoiles d'or, mes sœurs amies,
Vous, au ciel, si belles à voir;
Ombres des feuilles endormies,
Vous qui faites aimer le soir;

Échos, la nuit, pleins de surprises;
Bouquets des champs, nids des buissons,
Sources limpides où les brises
Plissent l'azur dans leurs frissons;

Lunes d'été de nos montagnes,
Vous qui, des beaux cieux espagnols,
Venez éblouir nos campagnes,
Aux chants d'amour des rossignols;

Écumes des torrents sonores,
Bois profonds qui rêvez toujours,

Frais arcs-en-ciel, vives aurores,
Doux crépuscules des longs jours;

Soleil, toi dont les teintes roses
Ouvrent des lointains si charmants,
Toi, qui des fleurs où tu te poses,
Mets la rosée en diamants;

II

Oui, je sais qu'il est sur la terre,
Dans vos reflets délicieux,
Dans vos amours, dans leur mystère,
Une langue qu'on parle aux cieux.

Dans tes frissons, dans le murmure
De tes brises, aux bords des bois,
Oui, pour mon cœur, douce nature,
J'entends partout comme des voix.

Oui, je sais qu'il est pour mon âme,
Dans les baisers que je te rends,
Dans les ardeurs dont tu m'enflamme,
Un sens caché que je comprends.

III

La brise dit: Moi, je soupire;
Moi, dit le printemps, j'ai des fleurs,
Et, pour toi, l'aube d'un sourire
Embellit encor nos couleurs.

Moi, dit l'été, j'ai mes faneuses,
Ma lune d'or, mon clair lointain,
Et, pour toi, mes nuits lumineuses
Gardent le soir jusqu'au matin.

Quand tu me perds, me dit l'étoile,
Sous un repli caché des cieux,
Moi, dans l'azur je me dévoile,
Et je ne cherche que tes yeux.

Le rossignol me dit encore :
Aimer, c'est vivre, aimons toujours ;
Aimons, les roses vont éclore,
Moi, j'ai le ciel pour tes amours !

IV

Belle nature, loin du monde,
Aussi, je te livre mon cœur ;
Laisse-lui, de ta paix profonde,
Goûter le calme et la douceur.

Pour je ne sais quelles chimères,
Pauvre rêveur, je t'avais fui ;
Mais les enfants pleurent leurs mères ;
Ouvre-moi ton sein, aujourd'hui !

A ton amour, je crois encore ;
Je viens vers toi, pour m'apaiser,
Pour que mon âme s'évapore
Dans la tienne, comme un baiser !

De tes ombres mélodieuses
Protége mes petits oiseaux,
Endors, l'été, plus radieuses,
Nos blanches lunes sous les eaux.

Emplis tes couchants de merveilles;
Aime, brille, chante, souris;
Laisse murmurer les abeilles,
Au soleil des saules fleuris.

Je veux oublier mes tristesses,
Je veux retrouver le bonheur;
Je me souviens de tes caresses,
J'ai ton sourire dans mon cœur !

Durant ces nuits où tu recueilles
Tant de reflets des cieux venus,
Sous les étoiles et les feuilles,
Fais-moi des abris inconnus.

Et si, d'un rêve de mon âme,
Si d'un regret, si de ces pleurs
Qu'on verse aux genoux d'une femme,
Il naquit jamais quelques fleurs,

Fais que le soir, fais qu'à l'aurore,
Fais qu'au printemps, pleine de miel,
La plus belle me garde encore
Ses doux parfums venus du ciel !

NEDDI

Je ne veux jamais aimer que toi.
ERCKMAN CHATRIAN

I

Oh! viens voir, la lune arrive!
        Large et vive,
Elle franchit l'horizon;
Tiens, vois-tu, de sa lumière,
        La première
Le ciel emplit ma maison.

Je suis pauvre, mais qu'importe,
        A sa porte
J'ai de l'ombre, j'ai des fleurs,
Et quand l'aube vient de naître,
        Ma fenêtre
S'embellit de ses couleurs.

Dans son azur, autour d'elle,
L'hirondelle
Passe légère en chantant,
Plus joyeuse, quand l'aurore
Se colore
D'un reflet rose éclatant.

Elle sourit, elle est blanche ;
Une branche
Touche ses vitraux vermeils,
Tandis qu'au ciel, empourprée,
La soirée
Les fait rouges de soleils.

Elle a des bois sur ses côtes
Les plus hautes;
Un taillis vers l'Orient
Où les étoiles, surprises
Par les brises,
Changent de branche en riant.

Elle a son ruisseau limpide,
Moins rapide
Sous l'arche qui le brunit;
Mais dont l'eau, claire d'écume,
Bout et fume,
Des monts creusant le granit.

Près du seuil de sa vallée,
Isolée
Entre deux coteaux charmants,

Elle a , pour les jeunes filles,
Des charmilles
Qu'aiment, l'été, leurs amants.

Et puis, elle a sa fontaine,
Sous un chêne,
Aux abris délicieux
Où l'astre d'or qui se lève,
Dans un rêve,
Emporte notre âme aux cieux.

II

Pourquoi donc fuir ma demeure ?
Rien n'y pleure,
Rien n'y trouble ta gaîté ;
Quand tu souris, au contraire,
Tout s'éclaire,
Tout éclate de beauté.

Que verras-tu, sur ta plage ?
Un village
Fouetté par l'eau de la mer,
Entre des rocs, où la chèvre,
De sa lèvre,
N'atteint qu'un feuillage amer.

Chez toi, les sables arides,
Dans leurs rides,
Ne moirent jamais les blés,

Quand les pavots qu'ils recèlent,
  Étincellent
Près des bluets étoilés.

Toujours, parmi tes orages,
  Des naufrages,
Des cris d'effroi sur les flots ;
Des veuves dont les yeux saignent
  Et s'éteignent
En pleurant leurs matelots !

Chez toi, pas de source aimée,
  Embaumée,
Sur ses bords, de fleurs de miel ;
Tandis que, dans sa coquille,
  L'astre brille,
Perle vivante du ciel.

Le vent s'aiguise au rivage
  Plus sauvage ;
Les nids manquent aux buissons ;
Tes oiseaux n'ont que des ailes
  Infidèles,
Les miens chantent des chansons.

III

Si tu pars, tout va s'éteindre,
  Ou se teindre
Pour moi de sombres couleurs ;
Tu me laisseras sur terre

Solitaire,
Et je mourrai de mes pleurs !

Comme des ailes blessées,
Mes pensées
Perdront leurs élans joyeux;
Je ne saurai plus rien dire,
Ni sourire,
Ni regarder vers les cieux.

Je serai plus triste encore
Si l'aurore
Pâlit au lever du jour,
Ou si la lune, plus belle,
Me rappelle
Ton premier baiser d'amour.

Mes fleurs quitteront, jalouses,
Leurs pelouses;
Les rossignols, nos sentiers;
L'étoile d'or, incertaine,
Ma fontaine;
Nos roses, leurs églantiers !

Mais, dans ma demeure agreste,
Si tu restes,
Heureuse de nos beaux jours,
Pour toi, je serai charmante,
Plus aimante,
Et je veux t'aimer toujours !

SOUVENIR

> Mon cœur battait , elle est venue.
> *(Chanson arabe).*

I

C'était la nuit , une nuit sombre ;
Entre les branches , cependant ,
Les étoiles jetaient dans l'ombre
Comme l'éclat d'un œil ardent.

Des aubes , d'un sourire écloses ,
Bien qu'on enviât les couleurs,
Les rosiers n'avaient pas des roses,
Mais les lilas étaient en fleurs.

L'air embaumait, nous nous assîmes ,
Nous causâmes un long moment,
Sans trop savoir ce que nous dîmes ,
Ce qui fait que ce fut charmant.

Gracieuse de nonchalence,
Puis tu te penchas sur mon cœur ;
Puis nous gardâmes le silence,
Pour mieux rêver notre bonheur.

Tu le rompis toi la première,
Comme en sursaut, par un baiser,
Et je crus voir une lumière
Du Ciel sur tes yeux se poser.

Tu mis une main dans la mienne,
Tu passas l'autre sur ton front,
Puis, tu me dis : « Qu'il t'en souvienne,
Quand les lilas refleuriront ! »

II

Eh bien ! ces secrets de notre âme,
Le mystère les couvre encor ;
On ne trahit pas une femme,
On ne livre pas un trésor.

La nature qui toujours m'aime,
Seule les sait ; loin des méchants,
Heureux, il faut bien que l'on sème
Quelques baisers à travers champs.

Il le faut bien, pour que l'étoile,
Sous l'eau qui dort si claire à voir,
Quand le vallon d'ombre se voile,
L'été me les rende le soir.

Il le faut, pour que leur sourire,
De l'aube éclaire les couleurs ;
Pour que le printemps les respire
Dans le vague parfum des fleurs.

Il le faut, pour que des merveilles
Par eux scintillent dans le ciel ;
Il le faut, pour que les abeilles
Goûtent aux roses de leur miel.

Pour que, dans l'ombre qui l'inspire,
Le rossignol au chant si doux,
Plus tendre encore, les soupire,
Le cœur plein d'amour, comme nous.

Pour que les eaux, pour que les brises
Les murmurent dans leurs frissons ;
Pour qu'ils se changent en surprises,
Pour qu'ils éclatent en chansons.

Pour que, sous la feuille endormie
De nos grands bois silencieux,
Aux reflets d'une lune amie,
Leur souvenir m'ouvre les cieux.

III

Aussi, tout ce qu'aimait ton âme,
Pluie au soleil, horizon d'or,
Couchant, dont la braise s'enflamme,
Mon cœur ému le rêve encor,

Comme toi , j'aime la montagne
Blanche de neiges aux lointains ;
Ou le soir , quand l'ombre les gagne ,
Rose de reflets presque éteints.

Au ciel , en vain diminuées
Par le soleil des mois ardents ,
J'aime ces petites nuées
Où la lune brille dedans.

J'aime les fleurs qui se regardent
Plus belles , dans l'azur des eaux ;
J'aime les sentiers qui me gardent
Tous nos abris , tous nos oiseaux.

L'été , je choisis pour retraite
Les bords du ruisseau murmurant ,
Où tu livrais , comme distraite ,
La feuille au hasard du courant.

J'aime surtout l'heure adorée ,
Où vive de l'éclat du jour ,
L'étoile prête à la soirée
Comme un reflet de notre amour.

IV

Aussi , j'entre dans ta demeure,
Sans qu'un voisin à l'œil jaloux ,
Même la nuit , guette mon heure
Et jette le doute sur nous.

Comme ta maison est bénie,
Aux doux rayons de ton bonheur,
Je viens y fêter l'harmonie,
Qui, pour moi, chante dans ton cœur.

Comme ton regard a des charmes
Qu'illumine un reflet des cieux,
Je viens, vers toi, sécher les larmes
Qui, parfois, coulent de mes yeux.

Dans ta maison tout m'intéresse ;
Tu me souris et l'heure fuit,
Comme la voix qui nous caresse
Au lointain d'une belle nuit.

Du passé nous causons ensemble ;
Rien n'en ternit le souvenir,
Et, quand je t'écoute, il me semble
Que nos beaux jours vont revenir.

V

Malheur à ceux qui, dans leur âme,
Comme un trésor ne cachent pas
Un nom divin, un nom de femme,
Un nom qu'on murmure tout bas.

Malheur à ceux dont la jeunesse
Ne garde pas, de ses amours,
Un chant, un rêve, une caresse,
Pour bercer encor ses vieux jours.

De peur de souffrir indigentes ,
Si l'hiver dure trop longtemps ,
Les abeilles intelligentes
Cueillent du miel dès le printemps.

L'amour embaume toutes choses ;
Au lieu de regrets importuns ,
Quand de ses doigts on prend des roses ,
Nos souvenirs ont leurs parfums.

Et puis , qui sait , tendre mystère ,
Si les baisers délicieux ,
Après avoir fleuri sur terre ,
N'iront pas refleurir aux cieux !

DÉCOURAGEMENT

If death consorts with thee
Death is to meet life.

MILTON.

Si la mort me réunit à toi,
La mort est pour moi comme la vie.

I

Hélas ! si j'ai souffert bien jeune , quand l'aurore
Déjà pour les heureux blanchit son Orient ;
A cet âge où la vie à peine se colore ,
Où l'amour , qu'un regard , dans l'âme fait éclore ,
Éblouit de lumière et caresse en riant ;

Si j'ai souffert à l'âge où l'on croit aux chimères ;
A l'âge où , du bonheur , tout chante le réveil ;
Où , le front tiède encor des baisers de leurs mères ,
D'autres n'ont pas mordu les écorces amères
De ces fruits qui , pour nous, mûrissent sans soleil ;

Si, mendiant partout un rayon pour mon âme,
Pas un regard ami n'a réchauffé mon cœur;
Si de mes feux éteints j'ai vu baisser la flamme;
Si le dédain qui tue aux lèvres d'une femme
M'aiguillonna toujours d'un sourire moqueur;

Du moins, tu me restais, jeune et belle nature,
Avec tes profondeurs de ciel bleu sous les eaux;
Tes sources dont l'été caresse le murmure;
Avec tes plis de haie, où la figue et la mûre,
Aux vignes de la côte, arrêtent plus d'oiseaux!

Du moins tu me restais, belle et mystérieuse,
Quand les blés ont fleuri leurs pavots éclatants;
Quand l'aube, dans l'azur, s'éveille radieuse;
Lorsque des rossignols la voix mélodieuse
Fait frissonner d'amour les roses du printemps!

Par le creux des sentiers, par l'herbe des prairies,
Sous leurs massifs pleins d'ombre où je venais m'asseoir,
J'ouvrais alors mon âme aux vagues rêveries,
Tandis que je suivais au ciel les causeries
Des feuilles à la brise et de la branche au soir.

J'aimais le pâtre, alors, dont la voix accompagne
L'agneau perdu qui bêle, égaré dans les champs;
Les reflets presque éteints du jour sur la campagne;
Et dans son crépuscule, au bord de la montagne,
La vive étoile d'or de nos soleils couchants;

La montagne, au matin, quand par dessus la brume
Le sommet brille, au loin, plus calme sous les cieux;

La montagne avec l'eau de son torrent qui fume ;
Et le long des ravins que la fraise parfume
Ses grands bois où j'errais seul et silencieux ;

La montagne, l'été, quand la lune se lève,
Tandis que le soleil grandit à son déclin,
Plus rouge qu'un brasier dont la flamme s'achève ;
La lune blanche alors est douce comme un rêve,
Et le ciel d'un bleu pur semble des fleurs de lin.

II

Mais aujourd'hui, mon âme, inquiète et lassée,
Pour dissiper son ombre ou calmer ses ennuis,
Ne cherche ni moisson par la brise bercée,
Ni lointains indécis, ni teinte nuancée,
Ni crépuscule errant au ciel des belles nuits !

Après un soir de feu, la lune en vain plus claire
Éblouit l'horizon qu'elle vient d'effleurer ;
L'étoile en vain se lève et sourit pour nous plaire ;
A ces fêtes du ciel dont chaque front s'éclaire,
La tristesse me gagne et tout me fait pleurer.

C'est en vain que dans l'air montent les hirondelles ;
Que la fraîche pelouse unit ses verts tapis ;
Les roses ont en vain des perles autour d'elles ;
La bruine au soleil ardente d'étincelles
En vain aux bords des blés incline leurs épis ;

Tout est sombre à mes yeux; je souffre et dois le taire :
Comme l'oiseau des mers, de fatigue épuisé,
Qui se perd sur les flots pour mourir solitaire ,
Découragé , vaincu , sans abri sur la terre ,
La force m'abandonne , et mon cœur s'est brisé.

III

Cependant , s'il est vrai que notre âme captive
Rayonne , en s'épurant , au creuset du malheur ;
Au terme du voyage , enfin quand elle arrive,
S'il est un autre port , s'il est une autre rive ,
S'il est un ciel plus pur , s'il est un ciel meilleur ;

Mon Dieu ! puisque l'amour qui dore l'existence
M'a fui bien jeune encor , pour ne plus revenir ;
Puisque les voluptés ont ri de ma constance ;
Puisque mes yeux , en vain franchissant la distance ,
Voient la brume partout cerner mon avenir ;

Puisque j'ai tant prié devant ces fleurs si belles ,
Que la fraîcheur des nuits fait jaillir des moissons ;
Devant leur arcs-en-ciel pleins de parfums pour elles ;
Puisque j'ai tant aimé ces oiseaux dont les ailes ,
Avec mon âme, au ciel, emportaient leurs chansons ;

Puisque de vos printemps j'adorai la lumière ,
Votre soleil si large au couchant d'un beau jour ,
Les grâces , les splendeurs de la nature entière ;
Puisque au fond de mon cœur, puisque sous ma paupière
Vos regards ont surpris tant de larmes d'amour ;

Puisque je vous cherchais déjà, dès mon enfance,
Parmi ces astres d'or échappés de vos mains ;
Pour rêver de plus haut, devant votre œuvre immense,
Puisque j'ai tant couru, dès que l'été commence,
De nos sommets des monts les plus rudes chemins ;

Que votre voix enfin à la mienne réponde ;
J'ai prié, j'ai souffert, pourquoi donc me laisser !
J'erre comme en exil, ma nuit est bien profonde !
Mon Dieu, vous le savez, et je n'ai plus au monde
Ni de maux à subir, ni de pleurs à verser !

L'ÉTOILE

I

J'adore une étoile brillante,
Vive des feux de l'Orient,
Quand la nuit, bleue et scintillante,
Me l'abandonne en souriant.

Depuis ces jours dont mon enfance
Me garde un souvenir si pur ;
Où, confiant et sans défense,
Je n'enviais qu'un ciel d'azur ;

Depuis ces jours où l'on s'élève
Heureux vers un monde enchanté,
L'âme en délire, dans un rêve,
D'amour et de félicité ;

Depuis ces jours, où de la vie
Rien n'est amer, même les pleurs ;
Où tous nos songes font envie ;
Où tous nos baisers sont en fleurs :

Tantôt, sous les plis d'un nuage,
Comme une lampe dans la main ;
Tantôt au seuil de mon village,
Entre les arbres du chemin ;

Tantôt au fond de la vallée
Dont elle éclaire le tableau ;
Tantôt souriante, et mêlée
Aux teintes de l'azur, sous l'eau ;

Tantôt aux champs de la colline ;
Tantôt aux bois de l'horizon,
Pensive comme une orpheline,
Seule, au foyer de sa maison ;

A l'heure où le sillon s'efface ;
A l'heure où les derniers lointains,
Du soir, encore dans l'espace,
Gardent les reflets presque éteints ;

A l'heure où la lune tardive,
Mais rayonnante de clarté,
Creuse et blanchit, dès qu'elle arrive,
Le ciel profond des nuits d'été ;

A l'heure où d'une aile d'abeille
On pourrait compter les frissons ;
Où le rossignol ne s'éveille
Que pour nous fêter de chansons ;

Partout, partout je la contemple,
Léger du poids de mes ennuis ;
C'est le trépied d'or de mon temple,
C'est le feu sacré de mes nuits.

Absente, mon cœur la devine,
Solitaire et silencieux ;
Pour moi sa lumière est divine,
C'est le plus pur rayon des cieux.

Pour moi, jamais d'aucune femme
Regard d'amour ne fut plus doux,
Quand, pour un secret de leur âme,
Je les priais à deux genoux.

Mais surtout, quand les nuits d'automne,
Belles de reflets éclatants,
Laissent au ciel qui les couronne
Comme un sourire du printemps ;

Lorsque, malgré tant de lumière,
Tant d'éclat dont on est jaloux,
On croit que la nature entière
Souffre de bonheur comme nous ;

Lorsque, dans sa mélancolie,
Plus tendre encore, près d'expirer,
Il semble qu'en nous elle oublie
De ses rêves qui font pleurer ;

Mon sein alors et ma paupière
S'ouvrent à ses rayons d'amour,
Comme les cieux à la prière,
Comme l'aube aux reflets du jour.

Alors, dans ce divin langage
Que le soir murmure à l'oiseau,
L'abeille, à la fleur qui l'engage,
La brise, aux feuilles du roseau,

Dans ce langage que soupire
L'enfant qui dort rêvant les cieux,
Le cœur au cœur, dans un sourire,
Et l'âme à l'âme, par les yeux,

Ses rayons, pour moi sans mystère,
Des secrets, qu'avec tant d'ardeur,
La raison cherche sur la terre,
Me dévoilent la profondeur.

Je sais par eux que l'existence
Se rallume comme un flambeau ;
Je sais qu'il n'est plus de distance
Entre la vie et le tombeau.

Dans une sphère plus heureuse,
Je sais que l'âme, à son réveil,
Quittant sa forme vaporeuse,
Verra luire un plus beau soleil !

Je sais que, sur terre, il faut vivre
Des pleurs de la captivité,
Mais, qu'enfin, la mort nous délivre,
Radieux d'immortalité !

Oubliant alors ma souffrance,
Mon cœur aime à se souvenir ;
L'amour me reste, et l'espérance
M'ouvre le ciel dans l'avenir !

A UN AMI

Ye who perchance behold this simple urn,
Pass on... it honours none you wish to mourn :
To mark a friends remains those stones arise,
I never kniew but one, and... here he lies.

Vous qui par hasard contemplez cette simple urne,
Passez... elle n'honore personne que vous désiriez pleurer :
Pour indiquer les restes d'un ami, ces pierres s'élèvent ;
Je n'en connus jamais qu'un seul, et... ici il repose !

BYRON.

Oui, des sages l'ont dit : la mort est inféconde ;
Le néant, pour toujours, de toi m'a séparé ;
Mais qu'importe l'oubli, du moins tu laisse au monde
Un pauvre ami qui t'aime et qui t'a bien pleuré !

D'autres, pour leur orgueil, ont chanté leurs maîtresses,
Les délires d'amour d'un premier entretien ;
Pourquoi ne pas rêver encore à tes caresses ?
Et quel doux nom pour moi fut plus doux que le tien !

Ton nom, c'est ma jeunesse et presque mon enfance;
C'est l'aube dont l'azur rend le départ joyeux,
Surtout, quand de mon père oubliant la défense,
J'aurais franchi l'espace, et n'aimais que tes yeux.

Ton nom, c'est le retour ensemble au clair de lune;
Le silence rêveur des sentiers descendus;
Les lointains dont la nuit fonce la teinte brune,
Et leurs champs et leurs bois, dans l'ombre confondus.

C'est la grange du pâtre où nous guettions l'aurore;
Sa fenêtre qui s'ouvre au ciel, vers l'Orient,
Et son carré d'azur où je crois voir encore
L'étoile nous garder jusqu'à l'aube, en riant.

Étendu près de toi, sur l'herbe des montagnes,
Dans ce calme où les sens reposent sans sommeil,
C'est le regard alors flottant vers les campagnes,
A l'heure où le grillon chante seul au soleil.

C'est tout ce que j'aimais dans l'air ou dans l'espace,
Dans le chaume fleuri, dans le taillis mouvant,
Dans les frissons d'amour de la brise qui passe,
Dans les chants de l'aurore et dans les voix du vent.

Tout ce que j'adorais dans nos courses lointaines
De vague, d'infini, d'harmonieux, de pur,
De reflets fugitifs, de lueurs incertaines,
De rêves dans les cieux, de baisers dans l'azur!

Coteaux, plaines, vallons, clairières, forêts sombres,
Gazons dont tu léchais les sources, près de moi,
Leurs aubes et leurs soirs, leurs soleils et leurs ombres,
Tout m'aime, tout me garde un souvenir de toi.

Il est sur la colline où le jour vient de naître;
Il est près du ciel bleu du pic le plus lointain;
Il est parmi ces champs d'où j'ai vu sa fenêtre
Ouverte par ma mère, à l'air pur du matin;

Partout où les figuiers rassemblent, dès l'aurore,
Les oiseaux qui s'en vont, joyeux comme au printemps,
Lorsque vers des climats où l'air est tiède encore,
L'hiver déjà les chasse, hélas ! pour bien longtemps.

Il est près du ravin dont j'aimais les approches,
Quand le tourde s'arrête à ses genevriers;
Partout où nous suivions, au hasard, par les roches,
Les chemins qu'en sifflant tracent les chevriers.

Partout où l'eau reluit au vent frais qui la ride;
Partout où le soleil, plein de scintillements,
Éblouit les sillons dont la neige splendide
Étoile sa blancheur du feu des diamants ;

Partout où les genêts se mêlent aux fougères;
Partout où les échos ont chanté mes refrains;
Partout où, sur leurs bords, les avoines légères
Perlent de gouttes d'eau le bout de tous leurs grains.

Il est près du torrent dont l'eau s'engouffre et tonne ;
Dans le vent qui se frôle aux feuilles des maïs,
Et dans les blanches fleurs de ces moissons d'automne
Dont la neige est si pure aux champs de mon pays.

Je crois te voir encor, dans tes arrêts superbes,
Immobile, tendu, ferme, les yeux ardents ;
Ta tête dominait alors les grandes herbes ;
Et tu' mâchais heureux ta bave entre tes dents.

Alors tout m'exaltait ; dans ce moment suprême,
Je me sentais grandir au niveau d'un vainqueur ;
Alors, je t'embrassais, comme un ami qu'on aime,
A genoux, et mes bras t'étouffaient sur mon cœur.

Alors, il me semblait que la nature entière,
D'extase, comme moi, n'osait plus respirer ;
Qu'une âme, autour de nous, vivait dans la matière,
Et que des yeux partout s'ouvraient pour t'admirer.

Des plus grands monts alors j'affrontais les abîmes ;
Dispos, infatigable, ardent, audacieux,
Alors, je demandais, en dominant leurs cimes,
Pourquoi d'autres sommets n'allaient pas jusqu'aux
[cieux].

II

Et puis, quand le printemps nous revenait encore,
Doux comme un souvenir dont on rêve toujours ;

8

Lorsqu'à cet âge où l'âme au bonheur vient d'éclore,
Seul à seul avec toi, je fêtais ses beaux jours.

Mai surtout me plaisait avec ses forêts vertes ;
Ses rossignols sous l'ombre et les fleurs des buissons ;
Ses fraîcheurs du matin dans nos maisons ouvertes ;
Ses ailes, ses parfums, ses perles, ses chansons.

Mai, le mois où la nuit, comme une aube, s'éclaire ;
Où le soir luit, ardent, sur les vitres en feu ;
Où l'air est tiède et pur, la lune large et claire,
La neige blanche, au loin, blanche près du ciel bleu.

Le mois où tout sourit, même les fronts moroses ;
Où, du premier baiser on se souvient encor ;
Mai, le doux mois d'azur aux vagues teintes roses,
Le mois des lins fleuris, le mois des aubes d'or.

Le mois où le vallon, comme la mer, ondule ;
Le mois où les épis s'unissent dans les champs ;
Où l'étoile, déjà, se lève au crépuscule ;
Le mois des arcs-en-ciel dans les soleils couchants.

III

Oh ! que de fois alors j'ai quitté mon village,
Heureux de m'oublier aux angles des moissons,
Par un de ces beaux jours pleins d'ombre, où le nuage
De l'eau qu'un souffle ride imite les frissons.

M'isolant avec toi, sous les feuilles épaisses,
Oh! que de fois alors, j'ai goûté le sommeil;
Que de fois, dans mon cœur, j'oubliai mes tristesses;
Que de fois j'ai suivi des ailes au soleil.

Que de fois je berçai mon âme insouciante;
Que de fois j'entendis, au murmure des eaux,
Chanter de ma jeunesse, hélas! si confiante,
Les doux songes d'amour, ainsi que des oiseaux.

Que de rêves alors j'ai fait sur la colline,
Du sommet où mes yeux plongeaient dans leurs val-
[lons,]
A l'heure où le soleil laisse, quand il décline,
Ses flammes en vapeurs, et son or en sillons!

Que de rêves, à l'heure où, des bords de la route,
On suit le trait de feu de quelque astre éclatant,
On cherche une lueur dans l'ombre, ou l'on écoute
Les cailles s'approcher dans leur seigle en chantant.

Que de rêves d'amour embellis de mystère,
Tandis que loin du bruit, le cœur moins soucieux,
L'on s'oublie à songer qu'on n'est plus sur la terre,
L'œil errant dans l'espace, et l'âme dans les cieux!

Tandis que les moissons jettent au milieu d'elles
L'ombre dans les sentiers où l'on aime s'asseoir;
Tandis que tout est calme, et que les hirondelles
Montent si haut dans l'air, au soleil d'un beau soir;

A l'heure où, dans les prés, pas une herbe ne bouge ;
A l'heure où, d'un baiser, la fleur forme son miel ;
A l'heure où le couchant marque sa ligne rouge,
Entre la terre sombre et le bord clair du ciel ;

Tandis qu'épris d'azur, de nuances, de teintes,
De ces astres où Dieu mit tant d'amour pour nous,
De reflets indécis, de lueurs presque éteintes,
On ne sait où poser son regard triste et doux.

IV

Pauvre et seul, maintenant je vieillis avant l'âge ;
Des amis que j'aimais, nul ne me tend la main,
Et comme un exilé je poursuis mon voyage,
Errant presque au hasard, sans but et sans chemin.

J'ai pitié maintenant de ceux dont la jeunesse
Cherche dans un sourire une goutte de miel ;
Lorsqu'on aime ici-bas, le cœur souffre sans cesse,
L'amour est une fleur qui ne s'ouvre qu'au Ciel !

J'ai pitié de tous ceux dont l'âme est douce et bonne ;
De ceux qui, pleins d'espoir, attendent l'avenir ;
De ceux dont la nacelle au courant s'abandonne ;
De ceux qui d'un baiser gardent le souvenir !

De ceux dont le génie incessamment travaille ;
De ceux qui d'une mère, hélas ! brisant les jours,

La frappent froidement sur un champ de bataille,
En égorgeant son fils qu'elle attendra toujours !

De ceux qui, pour de l'or, ont quitté leurs vallées
Si pleines de parfums, de calme, de repos,
Et leur doux crépuscule et leurs nuits étoilées,
Et la source limpide où buvaient leurs troupeaux.

V

Aussi, quand la douleur, attristant ma pensée,
Chaque jour affaiblit mes pas plus chancelants ;
Lorsque, sur le coteau, vainement commencée,
La course la plus humble arrête mes élans ;

Comme l'immensité solitaire, sans borne,
Aux yeux du naufragé sur un écueil perdu,
Aussi, quand l'avenir m'apparaît sombre et morne,
Sans même un cœur ami dont je sois entendu ;

Lorsque la mer déjà me soulève et m'emporte
Dans le gouffre sans fond de ses flots ignorés ;
Si je demande au Ciel une santé plus forte,
Un souffle plus puissant, des pas plus assurés :

Envieux des grandeurs, ce n'est pas que j'aspire
A mettre ma croyance à l'encan d'un palais,
Comme ces vils flatteurs que le vulgaire admire
Et dont Dieu fit le cœur moins fier qu'à leurs valets ;

Ce n'est pas que l'orgueil pour la gloire m'enflamme,
Ni pour ses honneurs vains, souvent injurieux,
Ni qu'un rêve d'amour soit resté dans mon âme,
Comme un reflet du soir doux et mystérieux !

Mais pour gravir encor ces montagnes lointaines
Dont nous suivions joyeux tous les sentiers errants ;
Pour respirer, l'été, l'ombre de nos fontaines ;
Pour boire dans ma main, l'eau vive des torrents ;

Au bord de la cascade où le soleil éclaire
De ses mille arcs-en-ciel les lumineux réseaux,
Pour sentir, quand le roc a brisé sa colère,
Pétiller sur mon front la poussière des eaux ;

Pour admirer encor ces mobiles nuages
Dont les bruines d'or font scintiller les champs,
Et qui, le soir, à l'heure où fument les villages,
S'ardentent des rougeurs de nos soleils couchants ;

Mais, pour attendre encor le jour avec le pâtre,
Dans sa hutte splendide, à l'égal d'un palais,
Quand les flammes des buis, si folles sur son âtre,
Éblouissaient tes yeux de leurs plus beaux reflets ;

Pour m'abriter encor sous les touffes du hêtre,
Où le ciel luit plus clair, dans le feuillage obscur :
Bercé des souvenirs que mon cœur ferait naître,
Les bras ouverts sur l'herbe, et les yeux vers l'azur ;

Comme l'oiseau des mers parti loin du rivage,
Et qui, d'un large essor, franchit les flots mouvants,
Pour retrouver là-haut ma liberté sauvage,
L'âme pleine d'extase et les cheveux aux vents ;

Ami, pour vivre seul, avec nos gorges sombres,
Nos abîmes sans fond, nos taillis sans chemins,
Ces pics dont j'aimais tant voir s'allonger les ombres,
Et peut-être, avant moi, vierges de pas humains ;

L'hiver, seul dans les bois dont chaque arbre s'affaisse,
Morne, comme un vieillard sous le poids d'un remords :
De leur neige sans fin qu'enviait ma tristesse,
Aimant le vide immense et le sommeil de mort !

Seul avec nos clartés, seul avec nos merveilles,
Nos bruyères d'automne où courent des frissons,
Seul avec nos blés noirs, aux fleurs pleines d'abeilles,
Seul avec mes échos, seul avec mes chansons ;

Seul avec nos rochers aux crêtes sans culture,
Mais dont le soleil rose est, le soir, si charmant ;
Ami, seul avec toi, seul avec la nature,
Elle qui fit pour nous l'ombre et l'isolement.

VI

Aussi, tout est resté de notre vie heureuse :
Avare soucieux, j'ai gardé mon trésor ;

Dans la nuit du passé doucement vaporeuse,
Aussi de nos beaux jours le reflet dure encor.

Ici, du laboureur qui chante dans la plaine,
Les bœufs courent parfois, pressés par l'aiguillon,
Et sous leurs blancs museaux, mêlant leur forte haleine,
Les baves aux longs fils luisent dans le sillon.

Découpant sur le ciel leurs vives silhouettes,
Là-haut, ces arbres noirs me font l'azur plus clair;
Déjà, de tout côté, chantent les alouettes,
Et leurs mille refrains s'éparpillent dans l'air.

Ce matin, il a plu : l'arc-en-ciel que j'admire,
Là-bas, touche un coteau sous un reflet doré;
Puis, la nature est calme avec un doux sourire,
Comme l'enfant qui joue, après avoir pleuré.

Plus loin, le ciel se fond sur des collines bleues;
Plus loin, le jour s'enfuit, en vapeurs sur leurs flancs;
Les horizons, plus loin, qui tournent à dix lieues,
Me montrent leurs maisons ainsi que des points blancs.

En septembre, aujourd'hui, nous gagnons la montagne :
C'est minuit, l'air est pur, les astres brillent tous,
Et la lune, après toi, ma plus douce compagne,
Semble avoir guetté l'heure et se lever pour nous.

Elle fuit maintenant, parmi des cimes d'arbre;
Maintenant l'on dirait, à la voir du chemin,

Qu'entre ces deux maisons, blanches comme du
                                              [marbre,]
On pourrait de leurs toits, l'atteindre avec la main.

Le berger maintenant me connaît et m'invite;
Maintenant le rocher me frappe de stupeur;
Maintenant il fait noir, ami, courons plus vite,
Car mon père nous cherche et ma mère a bien peur.

D'ici je vois encor le bois où, dans l'attente,
Je parcourais des yeux la plaine que j'aimais;
D'ici, je vois l'azur, sous la nue éclatante,
Percer entre deux monts, plus vif qu'à leurs sommets.

D'ici je vois encor le village qui fume;
Le coteau qui, de loin, me cache ses maisons;
Le roc où la cascade éclaire son écume;
D'ici, les astres d'or de tous mes horizons.

Puis l'aube qui blanchit d'abord comme une raie;
Puis les champs dont le soir apaise tous les bruits;
Puis ma vigne au soleil, bien close dans sa haie,
Tantôt belle de fleurs, tantôt riche de fruits.

Et la lune là-bas, qui descend à mi-côte;
Et le sentier étroit, tant de fois parcouru;
Et le dernier rayon sur ma maison plus haute,
Quand les autres dans l'ombre ont déjà disparu.

Maintenant, l'air est lourd, c'est midi, je m'arrête;

Le vallon a pour nous des abris familiers ;
Des bords frais d'un ruisseau, là, j'aime, sur ma tête,
Voir fuir le ciel, plus clair entre ses peupliers.

Maintenant, chaque oiseau va retrouver son aile ;
Nos champs ont des vapeurs que l'azur fait monter ;
Maintenant, taisons-nous, c'est l'heure solennelle
Où l'aube et les perdrix s'éveillent, pour chanter !

VII

Aussi, quand de nos jours, par moments, je m'oublie
A compter les regrets, les larmes, les douleurs,
Au souvenir si doux de ma mélancolie,
Mon âme rêve heureuse et verse encore des pleurs !

Ami, je songe alors aux pauvres hirondelles,
Lorsque, pour leurs déserts, laissant nos vieux manoirs,
Leur vol était si lent, si triste, et que leurs ailes
Quittaient comme à regret nos grands champs de blés
[noirs].

Je songe, quand l'automne aux monts gardait encore
Quelques rayons perdus sur les plus hauts sommets,
A leurs derniers reflets si pâles, que l'aurore,
Dans cet adieu du jour, semblait fuir pour jamais.

Je songe à ces enfants qui, sans père et sans mère,
Priaient sur tous les seuils, pour un morceau de pain,
Et qui, peut-être aussi, rêvant quelque chimère,
Oubliaient que chez eux parfois on meurt de faim ;

Au temps qui m'emportait si prompt dans sa vitesse;
Aux vieillards dont les ans faisaient trembler les mains;
Aux bois, où le soleil verse tant de tristesse,
Quand les feuilles déjà comblent tous leurs chemins.

Plus tristement encor, je songe à mes études,
Elles qui m'ont brisé comme un flot sur l'écueil :
Dans la ville où j'errais, pleurant nos solitudes,
Et plus seul, loin de toi, qu'un mort dans son cercueil.

Je songe à ces regrets qui torturaient mon âme,
Lorsque, dans mon exil, souffrant, abandonné,
J'implorais, mais en vain, des lèvres d'une femme
Un aveu que mon cœur n'eût jamais profané.

A tout ce qui dans l'ombre, étouffant un murmure,
Semblait de la douleur subir aussi la loi ;
A tout ce qui mourait d'amour, dans la nature,
Et qui me consolait, en souffrant comme moi !

VIII

Aussi, dans ma jeunesse, hélas ! trop éphémère,
Les plus beaux de mes jours aux tiens restent liés ,
Et je ne pleure, ami, de cette vie amère
Que nos soleils éteints, mais jamais oubliés !...

UNE LARME

L'exilé partout est seul.
LAMENNAIS.

Souvent j'erre au hasard, accablé de tristesse!
Et dans l'espace, alors, redoublant de vitesse,
Plus les ailes du soir reluisent au soleil,
Plus un long crépuscule au ciel, rose et vermeil,
Me laisse en expirant de vagues lueurs blanches,
Des teintes dans l'azur, des reflets dans les branches,
Plus il fait, en coupant l'ombre des horizons,
De lumineux lointains pour toutes les maisons;
Plus le printemps me reste avec ses voix aimées,
Ses brises d'arc-en-ciel, ses fraîcheurs embaumées,
Ses épaisseurs de haie où chantent les oiseaux,
Son azur scintillant d'étoiles sous les eaux,
Plus le ciel me sourit, plus je sens ma pensée,
Languissante, mourir dans mon âme oppressée!

Comme le désert nu, sous un soleil ardent,
L'avenir à mes yeux est morne ! Cependant,
Si, d'un regret d'amour, mon cœur s'attriste et pleure,
Je ne sais quelle voix intime, intérieure,
Tendre comme un baiser, vague comme un frisson,
Douce comme, au lointain, l'écho d'une chanson ;
Une voix, dont le ciel inspire la parole,
M'éveille, me caresse et parfois me console ;
Le sein moins oppressé, le front moins soucieux,
Je songe alors, plus calme, en essuyant mes yeux ;
J'ai pitié du méchant dont la bouche blasphème,
J'aime encore pour Dieu, car Dieu veut que l'on aime ;
Puis, les regards vers lui, j'attends des jours meilleurs,
Car la terre est l'exil et la patrie ailleurs !

LA PRIÈRE

I

Vous, qui voulez que la prière
S'élève à Dieu comme l'amour,
Comme l'oiseau vers la lumière,
Comme nos regards vers le jour ;

En l'acceptant comme le gage
De nos élans pleins de ferveur,
Vous, qui voulez que son langage
Rende notre ange plus rêveur ;

Vous qui voulez que Dieu lui-même
S'incline et l'écoute de nous
Comme, de la bouche qu'on aime,
Le mot murmuré le plus doux ;

Oh ! fuyez tous ces faux prophètes
Qui, pétris d'orgueil et de fiel,

Des clartés même de leur fêtes,
Obscurcissent toujours le ciel.

N'écoutez pas ces hommes sombres
Qui, sur les abîmes penchés,
Des cachots font gémir les ombres,
Et traînent Dieu sur leurs bûchers.

II

Pourquoi parler encor leur langue monotone,
Tandis qu'au bord des bois où l'azur se fait voir,
On peut ouïr, rêveur, sous un beau ciel d'automne,
        Les plaintes mourantes du soir ?

    Que nous font leurs voix virginales,
    Quand nos oiseaux, de l'aube aimés,
    Mèlent leurs chansons matinales
    Aux souffles des airs embaumés ?

Que sont leurs flots d'encens, auprès de ces nuages
Qui, traversant les cieux pleins de rayons encor,
Jettent, de leurs lointains, aux toits de nos villages,
        Les reflets d'un beau soleil d'or ?

    Leurs lampes blessent la paupière;
    Nos astres sont délicieux :
    Ils n'ont que des voûtes de pierre,
    Nous avons la hauteur des cieux !...

III

Dans la nature où je t'adore,
Oui, Dieu puissant, tout est à nous:
L'aube sourit, l'été se dore,
Le bouton se hâte d'éclore,
Et nous prions à deux genoux.

Dans la nature, la prière
Nous vient au cœur de tout côté:
Des ombres et de la lumière,
Du ciel, à travers la clairière,
Du reflet dans l'obscurité.

Dans les champs le berger l'écoute;
Le laboureur dans le guéret;
Tous les voyageurs sur leur route;
Le chasseur l'entend sous la voûte
Des grands arbres de la forêt.

Elle vient des chants de l'aurore;
Du calme des soirs langoureux;
Du mont lointain qui se colore;
Elle vient, plus touchante encore,
De la plainte des malheureux.

L'été, quand la lune se lève,
Tandis, qu'aux accents de leur voix,
On la commence dans un rêve,

Souvent le rossignol l'achève
Avec les brises, dans les bois !

Elle vient des fleurs embaumées ;
Des larges soleils triomphants ;
De l'amour des tombes fermées ;
Du sommeil des petits enfants !

IV

Qui peut prier mieux que le pâtre,
Sur les grands monts, seul, en été,
Alors qu'aux lueurs de son âtre
La lune mêle sa clarté !

Quand le soleil, comme une flamme,
Empourpre la cime des flots,
Qui peut, le matin, et par l'âme,
Mieux prier que les matelots !

Qui peut, mieux que la caravane,
Prier dans le fond des déserts,
Lorsque pas un souffle ne vanne
Un grain de sable dans les airs !

Durant leurs nuits pleines de charmes,
Qui peut, au bord des bois ombreux,
Par leurs baisers et par leurs larmes,
Mieux prier que les amoureux !

9

V

Dieu n'est grand que dans la nature :
C'est par elle qu'il faut l'aimer ;
Elle seule sait sa mesure ;
Quelle rêve, chante, ou murmure,
Elle seule peut le nommer.

Il est, de nos aubes charmantes,
La rosée aux feux éclatants ;
Il est l'ombre des nuits aimantes ;
Près des cascades écumantes,
Il est l'arc-en-ciel du printemps.

Il est la vague rêverie
Qui vient du murmure des eaux ;
Il est, au bord de la prairie,
Le parfum de l'herbe fleurie ;
Il est le doux chant des oiseaux !

Il est la grande voix des ondes ;
Lorsque le flot s'est aplani,
Il est l'azur des mers profondes ;
Il est la lumière des mondes ;
Il est l'âme de l'infini !

VI

Laisse-moi donc rêver, mon Dieu, que j'ai des ailes
  Pour m'envoler ;
Jaloux, partout où brille un ciel plein d'étincelles,
  De t'appeler !

Pour t'appeler encore à travers la tempête,
  Près de l'éclair,
Tandis que, foudroyé, le mont au mont répète
  Leurs chocs dans l'air !

Pour te voir, seul à seul, parmi ces forêts sombres,
  Au sol sacré,
Où, dans les profondeurs que font leurs larges ombres,
  Nul n'est entré !

Laisse-moi donc rêver, mon Dieu, que je m'isole
  Silencieux,
Et que la voix d'amour, qui parfois me console,
  Me vient des cieux !

VII

  La prière n'est pure et sainte
  Que lorsqu'elle passe à travers
  Nos baisers à la vive étreinte,
  Par une lune à peine éteinte,
  Dans les ombres des vallons verts.

Elle n'est douce, elle n'est tendre
Que lorsqu'une brise de miel,
Sur nos lèvres, vient la surprendre,
Tandis qu'on rêve, heureux d'entendre
Un chant divin qui monte au Ciel.

Pour que jamais Dieu ne l'oublie,
Pour qu'un ange vienne à sa voix,
Silencieuse et recueillie,
Il faut que la mélancolie
La suive, errante au bord des bois.

Il faut que le printemps lui laisse
Des horizons pleins de clartés;
Le crépuscule, une caresse;
Les soirs d'automne, leur tristesse;
Les nuits de juin, leurs voluptés.

Par l'âme, il faut qu'elle réveille,
En été, les astres vermeils;
Les rossignols quand tout sommeille;
La brise dans l'ombre, et l'abeille
Dans l'air chaud des premiers soleils.

Il faut qu'elle réveille encore,
L'été, l'humble voix des grillons;
Et, pour le ciel, et pour l'aurore,
L'allouette, qui voit éclore
Les bluets de tous les sillons.

Il faut que la beauté des choses
L'attire loin des importuns ;
Combien de fois j'ai dit aux roses
D'entrouvrir un peu leurs fleurs closes,
Pour qu'elle eût les premiers parfums !

VIII

A genoux donc, poète, à genoux, sur les cimes,
Loin des méchants au cœur de fiel ;
A genoux, l'œil perdu dans l'ombre des abîmes ;
A genoux, devant l'arc-en-ciel !

A genoux, sur les monts, près des cascades blanches
Qui roulent du glacier vermeil ;
A genoux, dans les bois, quand les plus hautes branches
Rencontrent le premier soleil !

A genoux, à genoux, devant la mer profonde ;
Près de la simple fleur des champs ;
Près de l'étoile d'or tombée aux plis de l'onde,
De l'azur des soleils couchants !

A genoux, sous les cieux, à genoux, devant l'aube,
Devant la nuit, devant le jour,
A ton cœur, pour prier, que rien ne se dérobe
Ouvre-toi le Ciel par l'amour !

'L'AUMONE

I.

Ainsi ,. lorsque la main pressait ma main joyeuse,
Lorsque, pour m'éblouir, ta lèvre sérieuse
M'éclairait par moments d'un sourire d'amour,
Lorsque tu m'appelais pour me dire : je t'aime !
Ton âme s'essayait au mensonge, au blasphème,
  Et tu me raillais en plein jour.

Ainsi, quand un baiser de ta bouche empressée,
Du poids de son bonheur accablait ma pensée,
Lorsque tu me brûlais de tes regards ardents,
Oui, je n'étais pour toi qu'un jouet éphémère,
Et ma lèvre, déjà, goûtait la coupe amère
  Qu'hier tu me brisais aux dents.

Eh bien ! si dans mes jours tu creusais un abîme,
Si tu ne choisissais en moi qu'une victime,

Viens, plonge dans mon cœur, ouvre tes yeux et lis ;
D'un geste de dédain, jamais aucune femme
Comme toi, d'un seul coup, n'aurait brisé mon âme ;
   Sois fière, tes vœux sont remplis.

Sois heureuse, tandis que chacun, sur ta tête,
Semble poser des fleurs, comme pour une fête.
Alors que tout subit ton regard triomphant,
Désolé, moi, je fuis au hasard, je m'isole ;
La nature éblouit, mais rien ne me console,
   Et je pleure comme un enfant.

Et, quand je songe, après, que pendant mon absence,
Un autre te sourit, te caresse, t'encense,
Que ta main, en jouant, a pu toucher sa main,
Que ton regard, parfois, le contemple ou l'évite,
Comme ceux qu'on poursuit, alors je cours plus vite
   Et je ne sais plus mon chemin.

Ma tempe laisse aux doigts comme le froid du marbre !
Je cherche, en l'étreignant, une âme dans quelque arbre
Pour mettre, après, l'oubli comme un monde entre
       [nous] ;
Puis, lassé de fatigue, accablé, le cœur sombre,
Pour fuir tous les regards, je m'accroupis dans l'ombre,
   Le front penché sur mes genoux.

Et, là, quand je me dis que cet heureux, peut-être,
Joue avec un serment, pour devenir ton maitre,
Que son œil a sur toi la force d'un aimant,

Que déjà d'un baiser il te laisse l'empreinte
Et que, pour m'oublier, il ne faut qu'une étreinte
    Et le caprice d'un moment,

Alors comme ces flots qu'agite la tempête,
Le sang bout dans mon cœur, le sang bout dans ma
                    [tête],
Mon esprit égaré se perd, je ne sais où ;
Il semble qu'un nuage a voilé ma paupière,
Je rêve aux morts, heureux de dormir sous la pierre !
    J'ai le délire, je suis fou !

II

Non, souffrir par le corps, ce n'est rien ; l'on ne
                    [souffre],
L'avenir n'est obscur et vide comme un gouffre,
Que du jour où l'on doute, inquiet et jaloux.
Qu'est le froid, qu'est la faim auprès de la torture
Que subit notre cœur saignant d'une rupture,
Lorsqu'on cherche un regard, et qu'il n'est plus pour
                    [nous].

Va, poursuis ton chemin, oublieuse et ravie !
Plus tard, quand tu verras ce que c'est que la vie,
Combien il faut pleurer, combien il faut souffrir,
Tu sauras quel trésor est l'homme qui vous aime,
Qui, pour vous, subirait le mépris de Dieu même,
Et qui, si vous mouriez, se laisserait mourir.

Sans doute, j'aurais dû, le front calme et sévère,
Briser ton souvenir, comme l'on brise un verre ;
D'ironie et de fiel, pour toi remplir mes jours ;
Mais de ses nœuds puissants, dès que l'amour nous
[serre],
Comme le malheureux, vaincu par la misère,
Le courage nous manque et nous tombons toujours !

Que ferai-je sans toi, maintenant dans ce monde ;
Où m'abriter au port, sur cette mer profonde,
Où fixer mes désirs, à tes pieds si constants,
Où chercher le bonheur, loin de toi ? L'hirondelle
Sans l'azur des beaux jours, au ciel que ferait-elle ?
Prends-lui son arc-en-ciel, que sera le printemps ?

III

Écoute : Quand tu vois, sur le seuil de ta porte,
Un pauvre enfant qui pleure et dont la mère est
[morte],
Tu lui donnes toujours, pour apaiser sa faim ;
L'aumône, la pitié consacre ta demeure ;
Aime-moi donc un peu ; moi je souffre et je pleure,
Je suis le mendiant, et je te tends la main !...

RÉSIGNATION

Is there no pity sitting in the clouds
That sees into the bottom of my grief.

N'est-il pas de pitié dans les nuages
Qui voie le fond de ma douleur.

SHAKESPEARE.

Eh bien, je vivrai seul, oublié sur la terre,
Triste, comme l'oiseau par le chasseur blessé,
Qui tremble et qui se meurt dans son bois solitaire,
    Lorsque la neige a tout glacé.

Je vivrai triste et seul avec tout ce qui souffre ;
Avec tout ce qui laisse une trace de sang ;
Avec tout ce qui tombe en débris dans un gouffre,
    Ou qui se traîne en gémissant.

Je livrerai mon âme au nuage qui passe
Chassé par l'ouragan dont il subit la loi,
Et qui, de ses lambeaux semant au loin l'espace,
    S'égare et se perd comme moi.

Lorsque le vent d'automne , avec sa voix qui pleure ,
Gémira dans les champs d'où l'hirondelle a fui ,
Des sentiers désolés je ferai ma demeure ,
     Et j'irai pleurer avec lui.

Je donnerai mon cœur aux pauvres fleurs brisées
Qu'étouffe de ses nœuds le buisson chevelu ,
Puisque, malgré son aube et ses deux rosées,
     Nulle femme ne l'a voulu.

Et puis , quand un beau soir , de ses vives lumières ,
Fera le ciel plus vaste et l'horizon plus pur ,
Pour qu'un reflet ami reste sur mes paupières ,
     Je les noierai dans son azur.

Car l'âme qu'on oublie a besoin d'espérance ;
Et, tandis que nos pleurs coulent silencieux ,
Je sais que pour calmer ici-bas sa souffrance ,
     Il faut regarder vers les cieux !

LE DERNIER CRI

Tu ne peux m'oublier !... Non, rends-moi ton sourire ;
Laisse-moi respirer dans l'air où tu respire ;
Rends-moi ta fleur d'amour et sa goutte de miel ;
Soutiens-moi d'un regard, sois bonne ; quand la femme
Rallume un cœur éteint d'un rayon de son âme
Les anges, en rêvant, la nomment dans le ciel !

LE BANDIT

« Croyez-vous que celui qui se
promène tranquille, dans un de
ces parcs qu'on appelle Royaumes,
ait une vie plus douce que le fugi-
tif qui, de bois en bois et de
rocher en rocher, s'en va, le cœur
plein d'espérance de se créer une
patrie ? »

LAMENNAIS.

I

Riches, de votre luxe il n'est rien que j'envie :
Le dégoût et l'ennui vous assiégent ; la vie
Pour vous traîne un haillon qui salit vos palais ;
Vous courbez lâchement la tête sous des maîtres,
Et ce soleil, dont l'âme a chauffé vos ancêtres,
   N'éveille en vous que des valets.

Moi, du moins, je suis libre ; aux monts où je me sauve,
Tranquillement, je vis près de la bête fauve ;

Que de loups j'ai trouvés, dans mes bois, endormis !
L'hiver, lorsque la faim, par bandes les rassemble.
Je ne les fuis jamais, car nous vivons ensemble
    Comme autrefois les vrais amis.

Chez vous l'amour se vend ; l'amour c'est chose vile !
D'ignobles pourvoyeurs vont pour vous dans la ville
Guetter la jeune fille au front timide encor ;
Mais, tandis que de grâce et de pudeur rougie,
Vous la jetez sans honte aux égouts de l'orgie,
    Perdue, hélas ! pour un peu d'or,

Moi, du moins, quand mon cœur bat plus vif, quand
                      [mon âme]
S'exalte au souvenir d'une étreinte de femme,
Ainsi que l'araignée aux angles des plafonds
Enlace dans ses fils la mouche demi-morte,
Je prends la paysanne aux bois, et je l'emporte
    Sous les massifs les plus profonds.

Là, mes baisers de feu, dans l'ombre aveugle et sûre,
Ont, sur son beau sein nu, l'ardeur d'une morsure ;
Je souris de la voir pâlir et s'effrayer ;
Là, tandis que l'ennui fait bâiller vos maîtresses,
Ses nerfs ont des sursauts, ses lèvres des caresses
    Qu'un trésor ne pourrait payer.

Vers sa maison, après, lorsque je l'accompagne,
Ses aveux sont charmants ; au bas de la montagne,
Notre adieu se prolonge, elle me tend la main,
Et dans l'ombre parfois si calme, au clair de lune,
Pour guider le bandit qui les cherche, plus d'une
    Chante de loin sur son chemin.

Ensuite , je les rêve , en effeuillant sur l'herbe
Les fleurs des monts , tandis que le ciel est superbe,
Que l'air enivre , ainsi qu'une douce liqueur ;
Tandis que sur nos pies , où l'âme vit heureuse ,
Le pâtre , d'un refrain de chanson amoureuse ,
      Éveille un écho dans mon cœur.

II

Puis , j'aime la nature et je vis avec elle :
Avec ses aubes d'or où l'étoile étincelle ;
Avec ses bois profonds , ses nuages flottants ,
Ses cimes aux rocs nus, ainsi que des ruines ;
Avec ses arcs-en-ciel , si clairs dans leurs bruines ,
      Au soleil rose du printemps.

C'est pour moi que la nuit a des grandeurs sauvages ,
Lorsque sous un ciel noir , déchirant les nuages ,
La foudre, de leurs flancs, fait jaillir ses clartés ;
Qu'elle ouvre au loin la mer , comme un fond de four-
                               [naise,]
Et que dans ses éclats , un vif reflet de braise
      Rougit les monts de tous côtés.

J'aime les cris du vent dans les gorges profondes ;
Le torrent débordé , du fracas de ses ondes
Imitant , large et lourd , la voix de l'Océan ;
Au milieu de ces chocs qu'un écho sourd répète ,
Fou d'extase , parfois je sens que la tempête
      Va me grandir comme un géant

J'aime les lacs rêveurs sous les branches penchées ;
Les astres, par les trous des brumes ébréchées,
Luisant comme à travers les murs des vieux manoirs ;
J'aime les profondeurs des nuits claires et bleues,
Et la cascade, au loin, tordant ses blanches queues
  Sur les croupes des rochers noirs.

C'est pour moi que la lune, aux bords des taillis
        [sombres,]
Des vieux chênes touffus coupe les larges ombres ;
Que dans le bois obscur la clairière apparaît ;
C'est pour moi qu'empourprant les grands arbres
        [qu'il touche,]
Taché de sang aussi, le soleil qui se couche
  Sort en bandit de la forêt.

III

Vos festins sont guindés, riches, vos goûts stupides ;
Aux monts l'air est plus pur, les eaux sont plus limpides ;
Mieux que sur vos velours, assis dans leurs gazons,
D'un morceau de pain noir ma faim est satisfaite ;
Mais le ciel, au soleil, tend joyeux, pour la fête,
  Tout l'azur de ses horizons.

Par un beau soir d'été, je vois, entre les branches,
Sur le bleu de la mer, glisser des voiles blanches ;
J'écoute, nonchalant, la voix du montagnard ;
L'hiver, quand, par un jour de brume, je m'ennuie,
Alors que, désolé, le vent fouette la pluie,
  J'aiguise, en sifflant, mon poignard.

C'est aux monts que sont doux nos parfums de cigare :
Là, tandis qu'un rayon, où mon âme s'égare,
Éclaire la fumée en perçant les rameaux,
Un souvenir d'amour vaguement me caresse,
Et des songes divins, qu'enfante ma paresse,
    Je berce en riant tous mes maux.

IV

Je ne veux pas vieillir ; la force c'est la vie,
C'est le cœur plein qui bat ; quand l'âge l'a ravie,
Quand la jeunesse, au front, perd son dernier reflet,
Le bandit doit mourir ! Si le hasard me laisse,
Pour moi, je sais comment un crâne, sans faiblesse,
    Saute à l'éclat d'un pistolet.

Riches, tandis qu'aux vers vous, servez de pâture,
Les vautours, pour fouiller mon corps sans sépulture,
Troubleront ma forêt de leurs combats ardents ;
Leurs yeux sont beaux à voir, quand la faim s'y
                              [reflète] ;
Puis, les loups mâcheront mes restes de squelette,
    Le poil dressé, la bave aux dents.

V

Mais si quelque exilé, fier de montrer l'empreinte
    Des fers dont on l'aura meurtri,
Rallume de nos feux la cendre presque éteinte,
Et de sa foi sublime au ciel jette le cri ;

Si, pour nous affranchir, nul danger ne l'arrête ;
　　　　Si, jalouse de son vainqueur,
A marcher sur ses pas la liberté s'apprête,
Et d'un rayon de gloire illumine son cœur ;

Si le peuple qu'on joue, à sa voix se soulève,
　　　　Comme ces vastes flots des mers
Qui, poussés par l'orage, et brisés sur la grève,
Mêlent leurs jets d'écume au feu vif des éclairs ;

VI

Acclamant ce héros qu'un génie accompagne,
Alors, je descendrai du ciel de ma montagne ;
Je quitterai mes nuits, mon soleil, mes grands bois ;
De ses torches, au vent, j'exciterai la flamme ;
J'aimanterai mon âme au contact de son âme,
　　　　Je serai l'écho de sa voix.

Partout où le danger voudra d'une victime,
Calme, je serai là ! De sauter dans l'abîme,
Je mendierai, s'il faut, la gloire, à deux genoux !
Au front des camps, la nuit, sentinelle en détresse,
J'attendrai l'ennemi, comme si ma maîtresse
　　　　Devait venir au rendez-vous.

D'un effort surhumain, faisant grandir ma taille,
Je serai dans la braise, où flambe la bataille,
Le bandit sans merci que rien ne fait fléchir,
Et je mourrai joyeux si le soir qui se dore,

Pour un beau lendemain , me fait rêver l'aurore
    Du jour qui doit nous affranchir !

Oui , je mourrai joyeux , si , perçant la fumée ,
Rouge , un large soleil vient fêter notre armée ,
De nos droits méconnus vengeant enfin l'affront ;
Et s'il se couche , après , dans sa pourpre éclatante ,
Comme si tout le sang de la victoire ardente
    Avait rejailli sur son front !

Car , ma haine poursuit , implacable , infinie ,
Ceux qui , de mots pompeux , masquant la tyrannie ,
Nous parquent et nous broient ; car la société
M'a perdu jeune encor au fond de ses abîmes ;
Car je suis , pour laver la honte de ses crimes ,
    Le bandit de la liberté !

LE RÉVEIL

I

Ainsi tout doit finir par un éclat de rire !
Cet idéal du cœur, vers lequel on aspire,
N'est qu'un songe avorté, qu'un mirage du Ciel ;
Dès que l'illusion de notre âme est bannie,
La dernière lueur s'efface, et l'ironie
Prend même nos baisers pour distiller son fiel.

A peine à mon réveil, à peine à mon aurore,
Lorsque pour moi des fleurs, partout, semblaient éclore,
Lorsque mon œil plongeait heureux dans l'avenir,
Aux rayons du printemps, vers l'amour empressées,
Lorsque dans leur soleil s'envolaient mes pensées,
Et que toutes pleuraient pour ne plus revenir ;

Oh! qui m'eût dit alors que de tant de jeunesse
Rien ne me resterait, ni songe ni caresse,
Rien, pas même un oiseau caché dans les sillons;
Et qu'un jour, oublié, j'irai, baissant la tête,
Semblable au mendiant que la détresse arrête,
Aux fossés des chemins pour sécher ses haillons!

II

Jeune homme, toi qui cherche, à peine dans la vie,
Un doux rayon d'amour; toi, qui d'un œil d'envie,
Sembles déjà compter des jours délicieux,
Vers ces hauteurs sans fin, où ton regard s'élève,
De désirs en désirs, ne poursuis plus ton rêve,
    Pauvre chercheur, descends des cieux!

Ne sois jamais pensif, ne sois jamais austère;
Des plaisirs qu'on te vend ne fais plus un mystère;
Le bon sens est venu, l'on ne croit plus à rien;
Nargue le lendemain tes baisers de la veille,
Et si, dans un élan, ton jeune cœur s'éveille,
    Aime ton cheval ou ton chien.

Prends la femme au hasard, pour une nuit à peine;
D'un cigare odorant parfume son haleine;
D'enivrantes liqueurs fais-lui le teint vermeil;
Jouis des voluptés que le vulgaire ignore;
Mais, qu'après, tout s'efface au jour, comme l'aurore
    Devant les éclats du soleil.

Lorsqu'on aime ici-bas, la vie est toujours sombre;
L'esprit doute, inquiet, comme égaré dans l'ombre;
On dirait le forçat qui traîne son boulet;
Puis, si le mal grandit encor, par intervalle
On pleure, et le jour vient où l'on jette une balle
Dans la gueule d'un pistolet.

LES HIRONDELLES

J'ai vu leurs troupes tournoyantes
Effleurer les eaux transparentes
Du lac voisin.

REBOUL.

I

De leurs ruines inconnues,
De leurs lointains, de leurs déserts,
Les hirondelles sont venues;
Voyez-les passer dans les airs !

Aux doux rayons d'avril, toutes restent fidèles;
Sous l'abri de nos toits, l'amour les réunit,
Et plus d'une, en chantant, du revers de ses ailes,
Jette, pour le fêter, du soleil à son nid.

Sur le guéret, au sillon vide,
D'autres mêlent tous leurs chemins,
Comme l'écheveau qu'on dévide
Et qui se noue entre les mains.

Vers l'azur, la plus jeune entraîne ses compagnes;
Tandis que, blanche et vive aux bords des horizons ,
La neige fait briller le ciel clair des montagnes,
Et qu'aux tiédeurs du soir on ouvre les maisons.

II

Demain, d'autres viendront encore
Avec les beaux jours plus constants ,
Avec les roses de l'aurore,
Avec les baisers du printemps;

Avec des chanteurs de la plaine,
Avec les chanteurs du vallon ,
Avec ceux qui, de brins de laine
Font leur nid chaud, sous l'aquilon;

Avec ceux que l'été rassemble
Par les sentiers, chaque matin ,
Avec ceux dont la voix ressemble
Au son du cor dans le lointain ;

Avec ceux dont la nuit sereine
Caresse les chants et l'amour,
Lorsque la lune, en souveraine,
Prend tout le ciel, presque en plein jour.

III

Vous qui fuyez, hélas! nos saisons nuageuses,
Éblouissantes voyageuses,

Oiseaux des arcs-en-ciel, oiseaux des beaux soleils,
Vous qui ne revenez de vos courses lointaines
Que lorsque le printemps plisse l'eau des fontaines
　　　De ses rayons les plus vermeils ;

Vous qui ne revenez que lorsque nos villages,
　　　Dans les fleurs et dans les feuillages,
Semblent des nids joyeux cachés sous leurs buissons ;
Lorsque nos champs de lin où la lumière ondoie
Imitent les reflets d'un vert tissu de soie
　　　Dans les moires de leurs frissons ;

Vous qui ne revenez que lorsque, dans l'espace,
　　　Le nuage enflammé qui passe,
D'une rougeur plus vive allume ses brasiers ;
Lorsque, pour égayer leur vigne aux ceps moroses,
Les pêchers sont fleuris et mêlent leurs fleurs roses
　　　Aux fleurs blanches des cerisiers ;

Vous qui ne revenez que lorsque dans la plaine
　　　La brise a tiédi son haleine ;
Les vitres, rallumé leurs feux étincelants ;
Lorsque le ciel plus doux, qui fait souvent qu'on rêve,
Sème au loin, dans l'azur où la lune se lève,
　　　Ses beaux petits nuages blancs :

IV

　　　Jadis, à l'égal d'une fête,
　　　Je célébrais votre retour ;
　　　De l'hiver c'était la défaite,

C'était l'aube , c'était le jour !
C'était l'éclat sur toutes choses,
C'était, aux monts, la neige en feu
Couronnant de ses teintes roses
Leurs pics , superbes de ciel bleu ;

C'était l'herbe sur les ruines,
Les papillons prenant l'essor ;
C'était le soleil des bruines ,
Fin et léger dans leurs fils d'or ;
C'était des fleurs pour les chaumières ,
C'était des nids pour les moissons ,
C'était les cieux pleins de lumières ,
C'était les cœurs pleins de chansons ;

C'était, dans les champs frangés d'ombres,
L'air frais et pur ; c'était les soirs
Dorant, parmi les arbres sombres,
Les murs croulants des vieux manoirs ;
C'était les lunes radieuses ;
C'était, aux larges nuits d'été,
Sous leurs brises mélodieuses ,
L'amour dans toute sa clarté.

Au soleil, dès que les premières
S'appelaient de leurs cris joyeux,
Dans ses rayons, sur mes paupières,
Se glissait un baiser des cieux ;
Tout me caressait d'un sourire,
Et, d'un accent plein de douceur,
La nature semblait me dire :
Je veux t'aimer comme une sœur ;

L'été, je veux, dans mes nuages,
Te bâtir, comme des palais;
Je veux éclairer tes villages,
Le soir, de magiques reflets;
Je veux, pour toi, de mes bois sombres
Rendre les massifs murmurants,
Et faire blanchir, dans leurs ombres,
L'écume folle des torrents;

Je veux, quand le soleil se couche,
Tendre mon azur rose encor
Sur la montagne qui le touche
Pour le rayer de sillons d'or;
Quand ses lueurs sont presque éteintes
Parmi nos champs alors si doux,
Je veux t'éblouir de ces teintes
Dont l'arc-en-ciel sera jaloux;

Et je voyais dans la campagne
S'incliner déjà les épis;
Les verts sommets de la montagne
S'unir de loin, comme un tapis;
Sous nos grands bois, le jour qui brûle
Tempérer ses feux éclatants,
Et scintiller le crépuscule,
Vif des étoiles du printemps.

Je vous suivais dans les prairies;
Au ciel si pur des horizons;
A travers les branches fleuries
Qui semblaient cacher nos maisons;

Sur la rivière aux bords limpides
Dont l'azur emplit le tableau,
Tandis qu'au soleil moins rapides
De cercles d'or vous ridez l'eau.

Et puis je laissais passer l'heure
A vous voir planer, et souvent,
Dans l'air joyeux de ma demeure,
Je vous écoutais en rêvant;
Aux beaux soirs où l'été s'enflamme,
De vos ailes j'étais jaloux;
Mon front rayonnait, et mon âme
Chantait son amour, comme vous.

V

Mais, depuis, ma jeunesse a passé comme une ombre;
Je doute si, parfois, j'ai cueilli quelque fleur;
Et maintenant je vis, sans que de mon ciel sombre
    Glisse un reflet pour ma douleur!

Je suis, comme au désert, le voyageur qui passe,
Après qu'un vent de flamme a comblé ses chemins,
Et qui, ne voyant plus que le sable et l'espace,
    S'affaisse, le front dans les mains!

Le cœur plein de regrets maintenant je succombe;
Je frissonne, engourdi même aux feux du soleil;
J'aime tout ce qui semble incliné vers la tombe,
    Et j'attends mon dernier sommeil!

VI

Aussi, mon âme vous préfère
Quand le blé noir fane ses fleurs;
Quand la nuit, vers l'autre hémisphère,
A chassé nos aubes en pleurs ;
Quand c'est à peine si l'on sèche
Les regains trop tard oubliés,
Et que le berger se dépêche
D'émonder ses longs peupliers.

Je vous préfère, quand l'espace
De tout côté se rétrécit;
Quand, à l'heure où le soir s'efface,
Le vallon déjà s'obscurcit;
Quand le ciel, sans vous monotone,
Va de l'hiver subir la loi,
Et que dans nos champs, en automne,
Vous passez, tristes comme moi !

Je vous préfère, quand la brume
Pèse sur nous, tous les matins;
Quand la rosée au soleil fume,
Ainsi que des feux mal éteints ;
Quand, aux derniers jours qui vous gardent,
Tandis que d'autres sont joyeux,
Ceux qui se meurent vous regardent
Avec des larmes dans les yeux !

Quand la faim, déjà sur nos portes,
Met tant de pauvres à la fois;
Quand il tombe des feuilles mortes,
L'une après l'autre, sous les bois !
Au cri plaintif qui vous rassemble,
Quand vous partez, par un beau soir,
Et, que vous perdant, il nous semble
Qu'on ne doit jamais vous revoir !

J'ai trop pâli dans la souffrance,
L'amour, hélas ! fut trop moqueur
Pour rêver encor l'espérance,
Pour chanter le ciel dans mon cœur;
Il n'est plus rien que je désire,
Mon jour ne peut plus se dorer,
Et si ma bouche veut sourire
Mes yeux ne savent que pleurer !

UN REPROCHE

Ces larmes qui font ta surprise,
Ne cherche pas à les tarir ;
Quand par l'amour l'âme se brise,
Elles empêchent de mourir.

Si bien des fois tu les vois naître,
Ami, ne sois donc plus moqueur ;
Par elles, tu sauras peut-être
Ce que je souffre dans mon cœur.

Reste léger, reste frivole ;
Toi qui ne veux rien adorer,
Imite, heureux, l'oiseau qui vole,
Mais laisse les autres pleurer !

Rappelle-toi que Dieu lui-même
Pour le malheur fit l'amitié ;
Qu'il faut consoler quand on aime
Et que mes larmes font pitié !

LES MALHEUREUX

Quand il voyait des malheureux,
il fondait en larmes.

GEORGES SAND.

I

Plus d'épis, maintenant, prêts à nouer en gerbe ;
Plus de beau ver-luisant qui s'étoile dans l'herbe ;
Plus de fraîche prairie, où tourne un clair ruisseau ;
Plus de long crépuscule, avec sa teinte rose,
Calme comme l'enfant dont la paupière est close
     Par le doux sommeil du berceau !

Plus de lumière ardente à serrer la fenêtre ;
Plus d'alouette aux cieux, quand l'aube vient de naître ;
Plus de champs où l'on rit, plus de parfums de miel ;
Entre le blé qui monte et les branches penchées,
Plus de sentiers perdus, plus de maisons cachées ;
     Plus de soleil dans l'arc-en-ciel !

II

Maintenant, c'est l'hiver, la saison rude et morte;
Aux bords de la rivière, où le courant l'emporte,
En glaçon maintenant, la feuille se durcit;
Les hameaux effarés, que la tempête assiége,
Semblent serrer de froid leurs toits chargés de neige;
Partout la plaine est morne, et le ciel s'obscurcit!

Des corbeaux, maintenant, les bandes sont venues,
Lugubres voyageurs, ils luttent dans les nues;
L'air crie et retentit de leurs croassements;
Puis, si leur vol s'abat sur quelque forêt sombre,
Les arbres, sous le poids de leurs ailes sans nombre,
Font craquer le bois sec comme des ossements!

Semblables à des chiens de meutes affamées,
Les vents qui, dans le jour, tourmentent les fumées,
La nuit sur les maisons hurlent; quand il fait noir,
Le loup rôde inquiet; le givre des montagnes,
De sa brume immobile, étouffe les campagnes,
Et dans son ombre épaisse, on marche sans rien voir!

III

Eh bien, dans ces longs jours d'horreur et de torture,
Dans ces jours où la neige a glacé la nature,
Où les bois désolés se tordent en tous sens,
Où le soleil perdu que pleure la chaumière,

Sans même les pâlir de sa froide lumière,
Mêle en vain, aux brouillards, ses reflets impuissants,

Alors, je songe à vous, pauvres mères troublées ;
Lorsque, du riche heureux, au grand air rassemblées,
Vous guettez le réveil pour un morceau de pain,
Et que, de vos haillons cachant les déchirures,
Vous comparez ses fils, si frais sous leurs parures,
A vos enfants en pleurs et qui meurent de faim !

Vieillards, je songe à vous dont la rude jeunesse
S'est tristement usée à servir la paresse
De ces fous pleins d'orgueil qui regorgent de biens :
Vieillards aux pas tremblants, à l'œil creux, au teint
[blème,]
Presque nùs dans la boue, et qui n'avez pas même
Un peu de ce pain noir qu'on prodigue à leurs chiens !

A vous, mes travailleurs dont la santé robuste
A noué fortement la tête sur le buste ;
Vous, à qui le chômage enlève tant de jours ;
Vous que le ciel fit bons, mais dont le cœur se serre
Quand l'aumône, chez vous, insulte à la misère ;
Vous, qui riches de force, êtes pauvres toujours !

Jeunes filles, à vous, si belles d'espérance,
Mais dont le cœur faillit aussi dans la souffrance,
Et qui, pour un peu d'or, n'osant tendre la main,
Vendez votre candeur, peut-être si rêveuse,
A quelque vi⋅⋅x perclus dont la lèvre baveuse
Vous salit auj⋅⋅urd'hui, pour vous railler demain !

A vous, pauvres enfants à la bouche flétrie,
Sans sourire, sans nom, sans mère, sans patrie ;
Des pâleurs de la faim, vous quelquefois si beaux !
A vous, pauvres enfants égarés dans la neige,
Tandis que le vent mord, que rien ne vous protége,
Et que vos petits pieds traînent de lourds sabots !

A vous que l'on méprise ; à vous que l'on opprime ;
A vous dont les haillons et les pleurs sont un crime ;
A vous qui grelottez sous des jours sans soleil ;
A vous dont on poursuit la nudité confuse ;
Vous qui tombez toujours ; vous, à qui l'on refuse
Jusqu'au linceul des morts pour le dernier sommeil !

Et puis, lorsque brisé je compte vos souffrances,
Vos tristesses sans nom, vos jours sans espérances,
Ces tortures du cœur, de l'âme, de l'esprit,
Ces enfants que la faim éloigne de leurs mères,
Tant de cris étouffés, tant de larmes amères,
Tant de rêves d'amour qu'on paie et qu'on flétrit,

Alors, comme une vague à longs flots écumante,
La haine me saisit, et la tempête augmente ;
Dans mon cœur, le sang bout, comme l'eau du torrent ;
J'ai foi dans l'avenir où mon âme s'élance ;
J'aime la pauvreté, je maudis l'opulence,
Et je maudirais Dieu s'il n'était pas si grand !

CHANSON D'AUTOMNE

Partez, partez, mes hirondelles,
Le vent souffle, l'espace est noir;
Cherchez le printemps pour vos ailes,
Moi, je ne dois plus vous revoir!

Ces pleurs de l'âme, qu'on ignore,
Le ciel aime à les voir couler;
Pour moi, ne restez plus encore,
Rien ne pourra me consoler!

Partez, partez, mes hirondelles,
Le vent souffle, l'espace est noir;
Cherchez le printemps pour vos ailes,
Moi, je ne dois plus vous revoir!

Sous d'autres cieux, à la jeunesse,
Par l'amour chantez le bonheur:

Quand je souris, c'est de tristesse,
Et vos élans brisent mon cœur !

.Partez, partez, mes hirondelles,
'Le vent souffle, l'espace est noir;
Cherchez le printemps pour vos ailes,
Moi, je ne dois plus vous revoir !

UN CRI DU CŒUR

Que l'amour soit maudit !
(COPPÉE).

I

C'est un rude métier que d'aimer une femme ;
Quand on l'aime pour Dieu, quand on l'aime à genoux ;
Quand son âme, longtemps, fut la sœur de votre âme,
    Puis, qu'elle rit de vous !

II

Non, le pâtre, fouillant la brume des montagnes,
Sans chemin sur la neige, et près de défaillir ;
Non, le pauvre innocent que la honte des bagnes,
    En deux nuits, fait vieillir ;

Là-bas, sur un écueil ignoré dans l'espace,
Non, le morne pêcheur, déjà par l'eau surpris,
Qui tend les bras en vain, tandis qu'un vaisseau passe
    Sans entendre ses cris ;

Celui qui de regret, celui qui de tristesse
Meurt, loin de son pays, d'où le sort l'exila ;
Non, ce père atterré, qui perd dans sa vieillesse
　　　Le seul enfant qu'il a ;

Non, ceux qu'une caverne, où tout bruit vient se taire,
Égare dans sa nuit, sans guide et sans flambeau ;
Ceux qui brisent leurs dents, à mordre sous la terre,
　　　Les clous de leur tombeau ;

Non, tous ces désolés n'ont pas, dans leur abîme,
Subi le coup hideux et les sombres douleurs
De ce pauvre oublié qu'on choisit pour victime,
　　　Sans pitié pour ses pleurs !

Non, pas un n'a souffert la brutale agonie
De ce fou qui, bercé de rêves gracieux,
Tombe un jour, en sursaut, lancé par l'ironie,
　　　De la hauteur des cieux !

III

Oh ! dans ces durs moments, où de la vie humaine
Tout semble se heurter sous un noir tourbillon,
A travers ses débris, je conçois qu'on promène
　　　Son cœur comme un haillon !

Lassé de l'avenir, je comprends qu'on désire
Porter, même à vingt ans, les rides du vieillard ;
Je comprends les saveurs de l'orgie en délire,
　　　Je comprends le poignard !

De brûlantes liqueurs, je conçois qu'on s'enivre,
Jaloux de s'abrutir, jusqu'à l'heure où l'on dort,
De peur de trop souffrir, si l'on s'écoutait vivre,
    Pleurant ses rêves d'or.

Ne croyant plus à rien, je conçois qu'on s'en aille,
Stupide, sans savoir même d'où nous venons ;
Qu'on blasphème la vie, et qu'un jour de bataille
    On la jette aux canons.

Je comprends que l'on passe, à travers la nature,
Comme un spectre, la nuit, échappé des tombeaux ;
Qu'on raille le néant, et qu'on laisse en pâture
    Son cadavre aux corbeaux.

De tout ce qu'on aimait, je comprends qu'on se joue ;
Qu'on traîne dans son lit, du fond d'un carrefour,
Une femme qu'on paie, une femme de boue,
    Pour rire de l'amour ;

Pour voir nos souvenirs se dissoudre en poussière ;
Pour que bientôt en nous l'âme s'éveille en vain ;
Pour douter à jamais de la sainte lumière ;
    De l'idéal divin !

IV

S'il est vrai que Satan, dans son orgueil étrange,
Aux esprits infernaux contre Dieu s'est lié,
C'est qu'on brisa son cœur, c'est qu'il aimait un ange
    Et qu'il fut oublié !...

LE RETOUR

« Ces arbres sont beaux,
ces fleurs sont belles ; mais
ce ne sont point les fleurs ni
les arbres de mon pays. »

LAMENNAIS.

I

Doux ciel de mon pays, si doux pour ma pensée,
Dès que la mort deux fois eut assombri mes jours,
Hélas ! je dus te fuir : dans ma course insensée
J'allai comme au hasard, meurtri, l'âme blessée ;
    Mais je crus partir pour toujours !

Quand je songeais, depuis, que la maison fermée
Ne laissait plus ma mère à son foyer s'asseoir,
Que la cour était vide et le toit sans fumée,
Ou qu'un autre payait la place accoutumée
    Qu'elle me gardait chaque soir ;

Quand je me souvenais que mon père est près d'elle,
Que nous n'entendrions plus un doux mot de sa voix,

Que ses yeux pour les miens seraient sans étincelle,
Et que sur son tombeau la terre s'amoncelle,
  Sous l'ombre, à peine, d'une croix ;

Pour causer au foyer de notre humble demeure,
Quand je songeais, depuis, qu'il ne m'attendrait pas,
Que, pour le réveiller, je n'aurais plus son heure,
Et que, dans le jardin où chaque arbre le pleure,
  En vain je chercherais ses pas ;

Lorsque je me disais qu'il ne doit plus me suivre
Pour chasser dans nos champs aux creux pleins de genêts;
Ou que, l'hiver, auprès de sa lampe de cuivre,
Je ne le saurais plus accoudé sur un livre
  Et les pieds sur ses deux chenêts ;

II

Comme, durant ces jours où l'automne nous laisse,
Les brouillards abaissés jusqu'aux toits des maisons,
Il me semblait alors qu'une morne tristesse
  . Voilait pour moi tes horizons.

Souffrant, il me semblait que de rêves moroses,
Un spectre sans pitié troublerait mon sommeil,
Que des vents inconnus viendraient faner mes roses,
  Que j'aurais froid, même au soleil !

Il me semblait alors qu'aux plis de mes vallées
Pas un sentier, pour moi, n'aurait un doux accueil,

Et que, la nuit, toujours deux ombres désolées
Ⅿ'entraîneraient vers leur cercueil !

III

Mais du printemps qui naît, aujourd'hui, sur la plaine
J'ai vu quelques vapeurs dans les airs s'élever ;
Puis s'éclairer d'azur sous une tiède haleine,
Plus blanches, au soleil, que les flocons de laine
    De l'agneau qu'on vient de laver.

J'ai vu tous les gazons fleurir leurs pâquerettes ;
Les nœuds de l'aubépine éclore en papillons ;
Des herbes, dans les champs, redresser leurs aigrettes ;
J'ai vu les blés courir, et des bergeronnettes
    Suivre les bœufs par les sillons.

J'ai vu dans ton soleil passer nos hirondelles,
Avec leurs chants d'amour qu'elles chantaient pour moi,
Et, rêvant tes lointains, que je pleurais comme elles,
Je suivais leurs élans et je prenais leurs ailes,
    Et mon cœur s'envolait vers toi.

IV

Ici le fleuve est large, et la barque y voltige ;
Comme ces fleurs d'été qui tremblent sur leur tige,
Les étoiles en feu brillent dans son azur ;

Mais ici, je n'ai plus, avec son eau limpide,
Mon ruisseau, bondissant sur sa pente rapide
Pour couler au vallon, dans l'ombre, calme et pur.

Ici je ne sais pas, quand le soleil se couche,
        Le nom des collines qu'il touche,
        Ni des villages qu'il fait d'or ;
Ici, mon œil se perd sur une plaine immense ;
Son disque est loin, le soir, et, quand le jour commence,
        Il se lève plus loin encor.

D'ici je vois dans l'air mille vapeurs errantes
Découper vivement leurs franges transparentes :
C'est l'heure où les rayons s'effacent dans les champs ;
Mais ces nuages d'or, de duvet, de lumière,
Ne laisseront jamais glisser sur ma paupière
Des reflets aussi doux que les soleils couchants.

Ici plus de bergers dont la voix m'accompagne ;
        Plus de sentiers sur la montagne
        Où je m'isolais tout un jour ;
A cet âge où le cœur ne doute pas encore,
Ici, pas un regard, pour moi, ne fit éclore
        Le premier rêve de l'amour.

Ici, plus de grands monts, pour mes courses lointaines ;
Plus de sombres forêts, plus de claires fontaines ;
Plus de taillis à jour, aux bords de l'horizon ;
Plus d'arbres, d'où l'on voit, parmi leur vert feuillage,
Les vitres s'allumer, le soir, dans mon village,
Ou bleuir la fumée, au toit de ma maison.

Pas une bouche ici ne sait les noms que j'aime ;
Ici, quand le printemps lui-même
Pare les aubes de ses fleurs,
Pas un oiseau ne chante, heureux sous ma fenêtre ;
Le passant me regarde, hélas ! sans me connaître,
Et nul ne pleure de mes pleurs !

V

Mais on revient toujours au nid de sa montagne,
Dans la fraîche vallée, où, riante compagne,
L'enfance, en nous berçant, dorait notre avenir ;
Où, partout, de ses pas on retrouve la trace ;
Où l'amour emportait notre âme dans l'espace ;
Où, le soir, la brise qui passe
Murmure à notre cœur son plus doux souvenir !

VI

Aussi, pour revoir ton aurore,
Vers mon pays qui m'aime encore,
Avril me dit qu'il faut partir ;
Et demain, au printemps fidèles,
Demain déjà, nos hirondelles
De mon retour vont t'avertir.

Le cœur plein d'ombre, la pensée
Toujours de tristesse oppressée,
En vain on court ; dès qu'on a fui,

Rien ne sourit, rien ne caresse ;
Comme le pauvre qu'on délaisse
L'on ne retrouve que l'ennui ! .

Épouvanté des solitudes
Que font pour nous les multitudes,
C'est en vain qu'on cherche un regard ;
Parmi ces flots, dans cette brume,
L'âme se perd, comme l'écume
Que la vague emporte au hasard.

A chaque brise qui m'effleure,
Aussi je crois entendre l'heure
Où, vers toi, je dois m'envoler ;
Toi seul a fêté ma jeunesse ;
D'un souvenir plein de tendresse,
Toi seul pourras me consoler !

VII

Mais, du moins, que, pour ma paupière,
Ton bel azur, à mon retour,
Pare le soir du premier jour
De tout l'éclat de sa lumière ;
Que nul pli ne reste voilé ;
Que ton accueil soit doux et tendre ;
Que la nuit, dans l'ombre isolé,
Un chant d'amour se fasse entendre ;
Souviens-toi du pauvre exilé !
Garde un rayon pour sa tristesse ;

Endors mollement ses douleurs ;
Que son étoile le caresse ;
Que des baisers sèchent ses pleurs !
Noyé dans ses flots de verdure,
Garde-lui ce léger murmure
Qui, rêveur, parfois l'endormait ;
Pour son cœur, la paix qu'il réclame,
Et, sous les taillis qu'il aimait,
La solitude pour son âme !

VIII

Vers les plus doux lointains, garde-lui, dans l'azur,
Tes beaux nuages blancs, comme au fond d'un lac pur
Des voiles de pêcheurs quand rentrent leurs nacelles ;
Les rochers dont le pâtre éveille les échos ;
Et ces champs de blés verts, où les coquelicots
Éparpillent aux bords leurs rouges étincelles.

Garde-lui, quand, le soir, il bruine au printemps,
Ce riant arc-en-ciel qui reste peu d'instants,
Mais qui, pour l'admirer, fait qu'on suspend sa marche ;
Tandis que le vallon, plein de soleil encor,
Aux fleurs de ses pommiers mêle quelques toits d'or
Dans la lumière de son arche.

Garde-lui ses oiseaux aux concerts éclatants ;
Ses blés mûrs ; ses bluets sous leurs seigles flottants ;
Sa clairière d'été, si vive par les branches ;

Sa colline, où sourit l'étoile qui l'aimait,
Et l'aurore, des monts éclairant le sommet,
Fraîche et rose en avril, parmi leurs neiges blanches.

Garde-lui ses coteaux de leurs vignes couverts ;
Garde-lui ses lins bleus ; garde-lui ses prés verts
Où le soleil fait d'or la jaune renoncule ;
Ses larges nuits de juin, claires comme en plein jour,
Qui ne sont qu'un baiser, qu'un sourire d'amour,
      Entre l'aube et le crépuscule.

Après avoir bondi, blanc d'écume en courant,
Garde-lui son ruisseau paisible et murmurant,
Sur ses cailloux roulés, polis comme des marbres ;
Son vallon, quand des feux percent l'ombre, la nuit,
Ou qu'un angle de toit, sous le jour qui s'enfuit,
Brille encor au soleil parmi des touffes d'arbres.

Garde-lui ces hameaux dont on voit les maisons,
Riantes, se grouper entre deux horizons ;
Le haut du mamelon qu'un grand chêne domine ;
Le bois noir où blanchit l'écorce du bouleau,
Et le sentier étroit qu'on suit au bord de l'eau,
      Près de l'étoile qui chemine.

Garde-lui ces parfums dont s'enivrent les sens ;
Vers les monts, les taillis partout retentissants
Des chansons de la grive et du sifflet des merles ;
Garde-lui ses buissons de neige et de vermeil,
Où les gouttes de pluie, ardentes au soleil,
S'entrelacent aux fleurs comme un collier de perles.

Quand leurs brises de miel parfument son pays,
Garde-lui ses blés noirs près des champs de maïs;
Les murmures d'amour que la nuit tu recueilles;
Les sources dont il but l'écume dans la main;
Et les grands peupliers où l'on voit, du chemin,
  Courir les astres dans les feuilles.

Garde-lui ses jardins que mure l'églantier,
Quand, près de la fauvette, au soleil du sentier,
La jeune fille rit, séchant ses blanches toiles;
La fraîche métairie, à mi-côte, au lointain,
Si belle, quand sa vitre est en feu le matin,
Ou que ses nuits de mai la couronnent d'étoiles.

Souviens-toi, comme lui, de ceux qu'il aimait tant;
Et puisque les beaux jours ne durent qu'un instant,
Même, avant que les blés montent unis en gerbe,
Sur leurs tombes sans nom où couleront ses pleurs,
Fais éclore pour lui la plus belle des fleurs,
  Bleue et petite parmi l'herbe!

LE DERNIER CHANT

I

Ici-bas, puisque la souffrance
Mord les victimes de son choix;
Puisqu'il en meurt, dont l'espérance
N'a jamais entendu la voix ;

Puisqu'il est des âmes blessées,
Dont le sort égara les jours,
Comme ces feuilles dispersées
Que les flots font errer toujours;

Puisque l'éclair luit dans l'orage;
Puisqu'on tombe sur les chemins;
Puisque le bonheur rit du sage
Et glisse même de ses mains;

Sans doute, qu'il faut sur la terre
Des êtres voués au malheur ;

Pour y sonder ce grand mystère
Que Dieu cacha dans la douleur!

Sans doute qu'il faut les chaumières,
Abri sans pain de l'indigent,
Près du palais dont les lumières
Font resplendir l'or et l'argent!

Il faut des paupières éteintes;
Des fronts soucieux et voilés;
Des cœurs où saignent les empreintes
De regrets au Ciel exilés!

II

L'un pleure la gloire qu'il aime;
L'autre, son amour d'un moment,
Et qui, dans un adieu suprême,
Se voile d'ombre tristement!

L'autre, sa jeunesse qui passe,
Languissante et sans volupté,
Comme un nuage, dans l'espace,
Par un coup de vent emporté!

Le matelot pleure les ailes
Du vaisseau broyé sur l'écueil;
Les amants leurs nuits d'étincelles;
L'exilé sa patrie en deuil!

III

Mais, s'il est vrai que, dans la vie,
Par nous, le sort fait des heureux,
Loin des faiblesses de l'envie,
Puisqu'il le faut, souffrons pour eux.

Souffrons, pour ceux à qui la gloire,
Au jour d'un lointain enchanté,
Vivants, montre, pour leur mémoire,
L'aube de l'immortalité.

Souffrons, pour ceux dont nulle femme
Ne fit jamais saigner le cœur ;
Pour ceux qu'on admire, et dont l'âme
De tout côté rit au bonheur.

Pour ceux que le plaisir couronne ;
Pour ceux qui chantent au réveil ;
Pour ceux dont le luxe rayonne,
Comme la mer en plein soleil.

IV

Ce monde, aux grandeurs éclipsées,
Où, pour nous, l'espoir n'eut qu'un jour,
N'est pas l'étoile où nos pensées
Aiment à fixer leur séjour.

Une planète qu'on ignore,
Aux yeux dérobant sa clarté,
Nous montre déjà son aurore,
Brillante de sérénité.

Là, plus de tempête écumante
Creusant les flots de noirs sillons ;
Là, plus de regret qui tourmente ;
Plus de crimes sous les ha llons.

Triste, là, jamais l'on ne pleure
Un cœur aimé qui vous trahit ;
Là, chaque brise vous effleure ;
Chaque regard vous éblouit.

Vers ces lointains, où l'âme errante
S'oublie heureuse, à voyager,
Là, j'aurai ma nuit transparente,
Mon crépuscule plus léger.

Là, ce bonheur que rien ne change ;
Des printemps aux baisers de miel ;
Et, pour l'aimer d'amour, un ange
Tiède encore des rayons du Ciel !

FIN DES VOIX PERDUES.

ERRATA

Page 22, 3ᵉ ligne : *Vers* ses lointains au lieu de *Par* ses lointains.

Page 25, dernière ligne : Quand *fuit* au lieu de quand *finit*.

Page 27, 6ᵉ ligne : Faisaient *tendres* au lieu de *tendre*.

Page 28, 10ᵉ ligne : *Mit* son âme au lieu de *Met* son âme.

Page 20, 13ᵉ ligne : Mettre une virgule après *Sous le grand chêne.*

Page 71, 23ᵉ ligne : Du haut de ton Empire, et par delà *ces* fêtes au lieu de *ses* fêtes.

Page 75, 1ʳᵉ ligne du chapitre II : Le passé ne *ment pas* au lieu de le passé ne *meurt pas.*

Page 78, 23ᵉ ligne, après : *Toi seul et rien que toi* mettre un point-virgule au lieu d'une virgule.

Page 100, rétablir ainsi la 2ᵉ ligne de l'épigraphe :
Death is to me as life.

Page 110, 10ᵉ ligne : Morne, comme un vieillard sous le poids d'un *remord* au lieu de *remords.*

Page 131, rétablir ainsi la ponctuation de la 4ᵉ ligne :
Plus un long crépuscule, au ciel rose et vermeil.

Page 137, 4ᵉ ligne du chapitre III : L'aumône, la pitié *consacrent* ta demeure au lieu de *consacre ta demeure.*

FOIX. — TYPOGRAPHIE ET LITHOGRAPHIE POMIÈS.

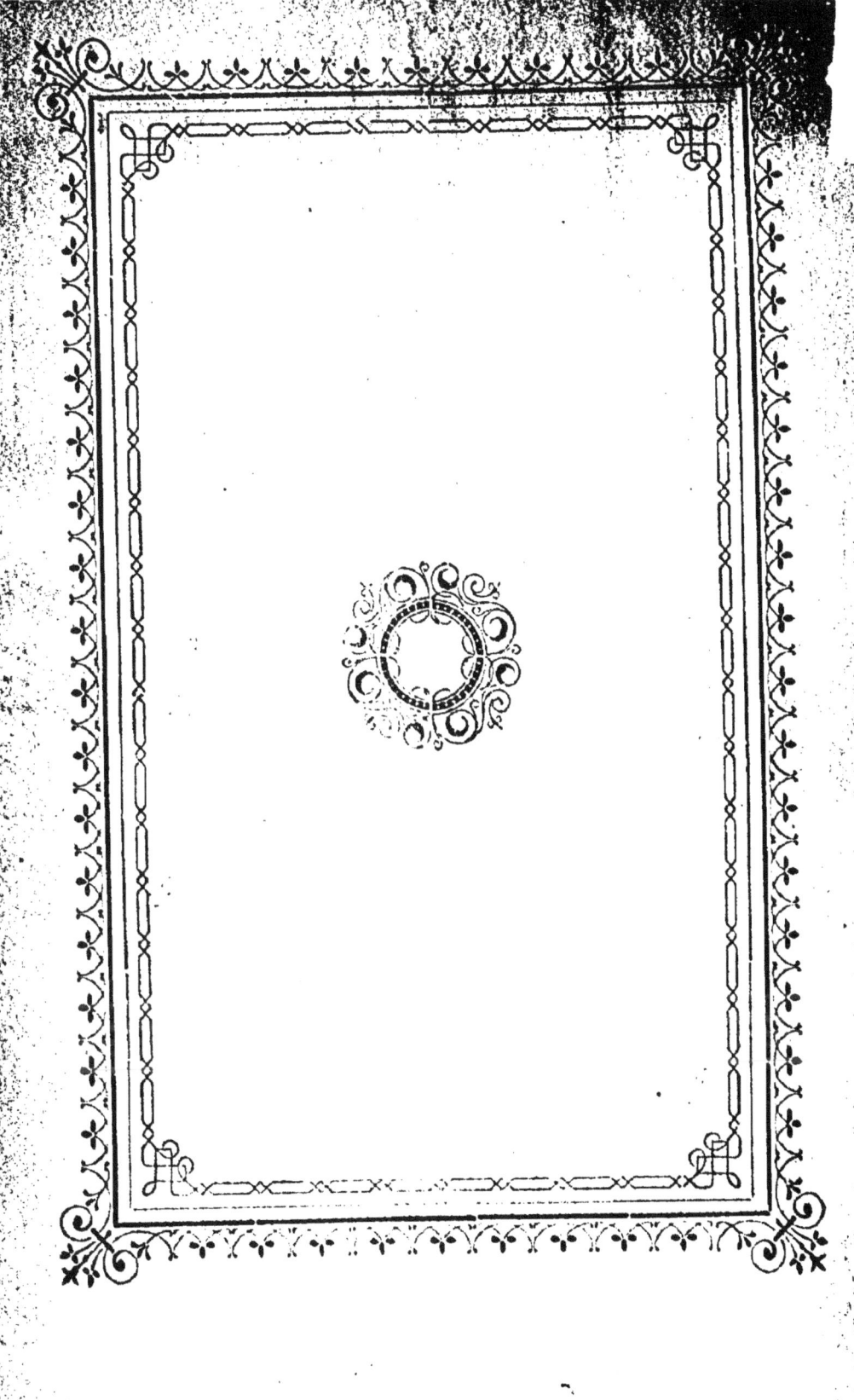

www.ingramcontent.com/pod-product-compliance
Lightning Source LLC
Chambersburg PA
CBHW070902030726
47504CB00005B/1430